KB143109

작은 창으로 본 세상

작은 창으로 본 세상

발 행 | 2018년 7월 10일

지은이 | 정표년
펴낸이 | 신중현
펴낸곳 | 도서출판 학이사
　　　　　출판등록:제20100-2005-28호
　　　　　주소 : 대구광역시 달서구 문화회관11안길 22-1(장동)
　　　　　전화 : (053)554-3431, 3432
　　　　　팩스 : (053)554-3433
　　　　　홈페이지 : http://www.학이사.kr
　　　　　이메일 : hes3431@naver.com

ISBN 979-11-5854-140-8 03810

이 도서의 국립중앙도서관 출판예정도서목록(CIP)은 서지정보유통지원시스템 홈
페이지(http://seoji.nl.go.kr)와 국가자료공동목록시스템(http://www.nl.go.kr
kolisnet)에서 이용하실 수 있습니다. (CIP제어번호: CIP2018021102)

작은 창으로 본 세상

정표년 산문집

學而思 | 학이사

작가의 말

열예닐곱 살 때부터 신문이나 잡지에 투고란 걸 하기 시작했다. 지면에 이름이 뜨이기 시작한 것은 열아홉 살 때였다. 그렇게 시작된 글쓰기는 스물넷 새해 여원신인상 여성시조 당선 이후 틈틈이 이어졌고 이 책 속에는 오십사 년이 한자리에 모인 셈이다. 여러 면에서 세월의 격세감이 느껴진다.

살아온 시대의 흔적이니까 서툴고 부족해도 있는 그대로 보이고 싶었다. 모든 면에서 정리가 필요한 시간 같아서이다. 이 나이가 되니 주변의 모든 분들께 그저 감사할 뿐이다.

2018년 초여름 정표년

■ 차례

고창의 청보리밭

아침은 어떻게 오는가

아직도 그 목소리 들으며

우리 멋
우리 맛

덩굴손

　호박이나 줄 콩 같은 줄기식물에는 대개 덩굴손이 있다. 이 덩굴손을 자세히 보고 있으면 신기함을 넘어서 자연의 오묘한 단면을 보는 것 같아 느껍기까지 하다.

　떡잎이 나고 속잎이 터서 줄기가 얼마쯤 자라면 덩굴손이 뻗어 나온다. 이 덩굴손은 부근에 의지할만한 물건이 있으면 눈이 있어 살피기라도 하듯 그쪽으로 뻗어가 틀림없이 감는다.

　이렇게 감은 덩굴손은 일부러 풀지 않으면 어떤 비바람에도 풀리지 않는다. 식물 자체에 문제가 생겨 죽거나 파손될지언정 덩굴손이 풀려서 본 식물에 무리가 오는 일은 절대로 없다.

사람은 비교적 환경에 잘 적응하면서 산다. 그러나 의지할 곳이 있으면 그때부터 약해지는 나쁜 습성이 있다.

또 혼자 있으므로 창의력創意力과 탐구력探究力이 뛰어난 반면 둘이나 셋이 모여서 하면 능률이 떨어지고, 가지고 있던 개인 지능이 퇴화하는 결과도 종종 있는 것 같다. 우리 국민은 특히 개인기는 우수한 반면 모여서 하는 모든 일에는 뒤떨어지거나 활동에 무리가 오는 경우가 있는 것 같다.

이것은 분명 모순이다. 개인일 때는 남보다 자기를 더 의식하고 단체일 때는 나 하나쯤 하는 생각이 이런 결과를 낳지 않나 생각된다. 누가 어떤 분야에서 크게 성공했다 하면 와르르 그리로 몰려서 오히려 그 분야를 버려놓고, 기대했던 사람이 실망을 주었다고 해서 입을 모아 비난을 퍼붓는 일들은 삼가야 할 것이다.

비록 주역은 아니더라도 주어진 역에 최선을 다할 때 그 배우의 진가가 드러나듯 들러리의 인생을 살지언정 비굴하지 않고 성실하게 자기의 능력을 다 살려 맡은 분야에서 열심히 산다면 그 속에는 반드시 나름의 보람과 긍지가 있을 것이라 믿는다.

지금 남보다 못한 삶을 사는 사람들이 오히려 더 많이 나아질 수 있고, 더 높이 오를 수 있는 가능성이 있다는 것을 활력으로 해서 남의 행운을 기뻐해 줄줄 알고 남의 불행에 함께 아픔을 나눌 수 있는 인간미人間美를 길러야 겠다.

덩굴손이 줄기를 위해 제 사명을 다하듯이 우리도 직장을 위해, 사회를 위해, 나아가 국가를 위해 꼭 필요한 덩굴손이 되어야겠다.

작가와
독자

　독자가 없는 시를 쓰는 사람이 날로 늘어간다. 이것은
진실을 말하려고 하는 시인의 마음을 인정할 때 사회를
위해 반가운 일로 봐야 할 일이다.
　그러나 소설이나 수필은 읽히나 시나 시조時調의 독자
는 쓰는 사람이나 시 분야의 문학 지망생인 경우가 대부
분이고, 순수 독자로부터는 많이 외면당하고 있는 것 같
다. 더욱이 시조라면 고시조나 창唱을 먼저 떠올리는 사
람이 많다.
　시조를 쓰는 사람으로서 매우 유감스럽고 섭섭한 일
이지만 어쩌면 당연하게 봐줘야 할지도 모른다. 필자가

시조는 쓰면서 다른 분야에 문외한門外漢인 것과 다를 게 없을 거라고 생각하기 때문이다.

그러나 민족시로서의 시조를 대하는 국민의 자세는 바뀌어야 한다고 생각한다. 비록 쓰지 않으나 시조를 이해하고 아껴는 줘야 할 것이다. 극언일지 모르나 시조를 모르는 것은 민족혼民族魂을 모르는 것이나 마찬가지라고 생각한다.

시조도 많이 현대화돼 예스러움에서 탈피하여 현대 감각과 사상이 정형 속에서 본질을 찾는데 많은 노력들 기울이고 있다. 무조건 외면하는 자세에서 흥미를 갖고 대하면 잃었던 것도 찾고 아껴야 할 가치를 반드시 느끼게 될 것이다.

이에 반해 쓰는 사람에게도 약간의 문제는 있는 것 같다. 꼭 문학 분야 특히 시·시조분야에 있는 문제만도 아니지만 어떤 모임이나 개인에게 있는 아류亞流나 아집我執도 문제인 것 같다.

우리 아니면 인정하지 않고, 나 아니면 별로라는 생각은 위험하기 짝이 없다. 하기야 남이 인정하려 들지 않으니 그런 자만심도 때로는 있어야겠지만 지나치다는 생각이 들 때도 간혹 있는 것이다.

나의 인간됨과, 나의 작품과, 나의 인생관이 과연 내가 생각하는 만큼 상대편에서, 독자가, 혹은 제삼자가 인정하느냐의 문제가 아닐까? 사람마다 생각이 같지 않고 재능 또한 같지 않으니 굳이 인정을 강요할 수는 없는 일이다.

결국 많은 독자를 갖기 위해서는 또 독자들의 관심과 사랑을 받기 위해서는 어느 평자가 말했듯이 사심 없이 인식의 공감을 얻을 수 있는 좋은 작품을 쓰는 일밖에는 없을 것이다. 그러나 그것이 그리 쉽지 않으니 또 문제로 남는다.

망각

무엇이나 잊어버릴 수 있다는 것이 얼마나 좋은가. 그러나 잊어버린다는 것이 또 우리를 얼마나 당황하게도 하는지.

세월이 모든 것을 지워주긴 해도 우리의 의식구조에 이런 잊음이 없으면 참으로 견디기 어려운 아픔과 주체할 수 없는 슬픔, 가지기 어려운 미움들을 어찌 감당할 것인가. 잊음이 있어 진정 고맙고 편리하다는 생각을 하게 된다.

내 나이 일고여덟 살 때 함께 놀던 또래 아이가 알 수 없는 병으로 죽었다. 그 아이의 죽음이 내게 죽음에 대한 의문을 처음 갖게 했다. 죽음이라는 것이 가장 좋아하는 사람과도 함께 할 수 없다는 것과 아픔이 얼마나 크면 죽음에 이르는지 몹시 궁금했고 참 견디기 힘들 것 같았다. 그 후 성장하면서 많은 죽음을 가까이서 혹은 멀리서 지켜보아 왔다. 인간은 태어날 때 이미 죽음을 필연적으로 타고 난다는 것을 알면서 모든 사람이 죽음을 참으로 달갑지 않게 생각하는 반면 죽은 사람들을 너무도 쉽게 잊어버리는 데 놀랐다.

망자가 만일 살아있는 사람들의 모든 것을 볼 수 있고 알 수 있다면 참으로 괘씸하게 여길 것이다. 그러나 고맙게도 젊고 건강할 때는 죽음을 잊을 수 있으니 다행스럽지 않은가.

이런 잊음이 때론 곤란할 때도 있으니 학생들이 학교에서 배운 교과과정을 금방 잊어버리고, 얽히고설킨 인간관계에서 갖가지 약속과 행사를 어쩌다 깜박하여 본의 아니게 최소한의 사람 도리를 다하지 못하게 됐을 때의 그 낭패감은 말할 수 없을 정도이다.

살면서 어느 정도 잊어야 할 것은 잊고 꼭 기억해야 할 것들만 챙기고 살았으면 싶은데 정작 잊어야 할 것은 미런처럼 끈적이고, 잊지 말아야 할 소중한 것들은 너무도 쉽게 잊어 탈이다. 그렇지만 지금보다 가난하고 불행했던 지난날과 심적, 물적 은혜를 입은 사람들과 올바른 삶의 지침을 일러 주시던 몇 분의 스승만은 죽을 때까지 기억 속에 머물게 하고 싶다.

  인간은 망각하는 동물이기에 견디고 기억하는 동물이기에 살 가치가 있는 게 아닐까.

장날

시골 장날은 향수를 갖게 한다.

필자가 살고 있는 곳은 군청이 있는 읍 단위다. 장날은 흡사 축제 날 같기도 하다. 인근 지방에서 이곳을 경유하는 버스는 초만원을 이루고 별로 살 게 없는 데도 장짐을 실어 나르는 경운기 소리가 요란하여 이른 아침부터 맘이 들뜬다. 요즈음은 감·밤·도토리·껍질 땅콩과 사과·햅쌀 등이 더욱 붐비게 한다. 멍석마다 수북수북하던 물건들이 오후 서너 시 파장 무렵이면 텅텅 빈다.

가뭄과 장마와 병충해와 봄부터 그렇게 싸우면서 가

꿔온 농산물들이 5일마다 돌아오는 장날이면 생산자들의 손에 들려 나온다. 그것도 대개 좋은 것으로만 가려서 팔러 나온다. 돈과 바꾸기 위해서 상품은 내다 팔고 생산자들은 늘 팔고 남은 것 차지다.

그래도 그들은 불평이 없다. 푸성귀를 사다가 아는 얼굴이라도 만나면 돈보다 훨씬 많이 주기도 한다. 소쿠리 전을 지나다가 '플라스틱'에 짓눌려 빛을 잃고 있는 대[竹]·싸리 소쿠리들을 귀한 물건 대하듯 한참씩 구경하기도 한다. 철물전에는 각종 농기기·칼·도마에서부터 쇠붙이로 된 것은 거의 다 있다.

언제 봐도 사고 싶은 충동을 느끼는 예쁜 그릇들과 비단 포목과 신발 가게는 평일의 가게보다 활기 넘친다. 돌아 나오면 막걸리나 소주를 잔술로도 팔고, 국수나 묵을 파는 곳도 있다.

떡 전에는 김이 무럭무럭 나는 팥 시루떡과 인절미가 구미를 당긴다. 농번기가 되면 한나절 잠시 붐비고 일찍 파장된다. 한창 붐빌 때는 두어 시간을 돌아야 구석구석 구경할 수 있다.

옛 정취를 그대로 간직하고픈 시골 장날에도 도회지

에서 몰려온 중간상인들의 농간이 눈에 띈다. 자기들 맘대로 값을 당겼다 늦추었다 하다가 파장이 될 무렵 싼값으로 거두어간다. 그것도 큰 인심이나 쓰듯 하면서….

지친 생산자가 되레 고맙다고 인사를 한다. 이럴 수는 없다. 이래서는 안 된다. 농사지은 사람들의 노고를 생각하면 한 톨의 곡식도 심고 거두어 보지 않은 사람은 생산자가 받고자 하는 값을 깎지 말아야 한다. 그래야 그들에게 보람이 있을 게 아닌가.

도시로 도시로만 몰려드는 사람들 때문에 산지에는 늘 일손이 달린다. 적은 인력으로 생산하여 많은 사람 먹이기란 쉬운 일이 아니다.

그 대가를 생산자들은 꼭 받아야 하지만 잘 안 되는 모양이다. 도시의 주부들이 계 모임이나 관광으로 보낼 시간을 도시 근교 장날 나들이로 하면 어떨까? 중간 상인들이 사다가 그들 나름대로 재손질해서 파는 그런 상품이 아니고 직접 산지에서 나온 때 묻지 않은 상품들을 구경하는 것도 큰 도움이 될 것이다.

시골 장날의 홍청거림이 살아 있음을 느끼게 할 것이

고 복잡하고 각박한 인심이 거래되는 도회지의 장터와
는 비교가 안 될 것이다.

재벌 얘기

　올해 따라 유달리 봄 날씨가 고르지 못해 농촌의 들판을 휘저어 놓더니 들판을 녹여버릴 듯 맹렬했던 여름은 촌부를 쓰러져 죽게까지 했다. 피서지마다 열탕을 연상케 한 열기가 짜증을 막바지까지 몰고 오는 가운데 봇물 터지듯 이산가족들의 한 덩어리가 온 국민의 가슴을 적셔놓았다. 이제 건들마에 실려 가을 채비할 생각을 하나 싶더니 웬걸 천 억대 재벌(?)이 넘어지는 소리가 TV 화면을, 신문의 지면을 어둡게 한다.

　돈이 무엇이기에 인간의 욕심을 끝 간 데 없이 치솟게 하기도 하고 목숨을 종잇장처럼 버리기도 하고 인간을 쓰레기통보다 더 지저분하게 바꾸어 놓기도 하는지….

이런 큼직한 일들은 실제로 생활현장에서 땀 흘리고 심신이 고달픈 서민들에겐 도무지 실감이 나지 않게 마련이다. 일 때문에 잠잘 시간도 부족한 농민들이나 산업전사들에게 그들의 얘기는 먼 나라 얘기 같은 귀 밖의 소리로 잠시 울리고 스쳐 갈 뿐일 것이다.

한 자릿수도 아닌 천 억대라니…. 서민들에겐 상상으로도 복잡한 숫자의 돈 얘기는 흥미 밖일 수밖에 없다. 아마도 중산층의 여력 있는 사람들에게나 긴장과 흥분과 분노를 일으킬 수 있을는지.

참으로 세상은 요지경인 것.

일에 지쳐 매사에 무감각 상태가 돼버린 농촌 주부들을 보면서, 그런 부모 때문에 부모의 사랑이 뭔지도 모르고 제멋대로 자라는 농촌의 아이들을 보면서 이런 재벌 놀이(?)는 참으로 부아가 치민다.

그들의 손안에 있는 몇 백 분의 일만 있어도 농촌의 교통 사정이 좀 더 좋아질 수 있을 것이고 농민들은 좀 더 편리한 문화시설을 누리며 살 수 있을 텐데 아직도 후미진 곳에 사는 사람들은 재벌들의 돈놀이를 구경만 해야

하고 푸성귀 나부랭이를 싸 들고 시골 버스 운전사랑 승강이나 벌이며 살아야 하는지….

촌부들에게도 부드러운 화장수쯤 바르고 살 수 있고, 농촌의 아이들도 시설 좋은 놀이터에서 꿈을 키우며 살수 있어야 도농의 참 균형이 이루어졌다고 할 수 있지 않을까?

젊은 재벌의 안주인과 동전 몇 푼 받자고 푸성귀를 챙겨 드는 촌부는 아무래도 극과 극의 상황일 수밖에 없다. 그러나 그들의 말로는 과연 어떤 극으로 만날지 자못 궁금하다.

상추 이슬

　도시 속에서 살다 보니 계절 감각을 잊고 살 때가 많다. 피부로 느끼는 것도 미처 따라가지 못해서 봄옷은 가장 먼저 꺼내 놓고 가장 늦게 입는 편이고 우엉, 연근 뿌리채소가 상추, 쑥갓 등 잎채소로 바뀐 식탁을 몇 번 전전하다 보면 어느새 가로수 잎이 무성한 여름을 말해 준다. 농사 기술이 좋아진 관계로 요즈음은 채소나 과일이 제철도 없이 쏟아져 나오지만 역시 참외나 수박은 땀 흘리며 먹어야 제격이고, 상추쌈도 오월 단오 전후가 가장 맛의 절정을 이룬다고 본다.

　오늘 점심 일터에서 내놓은 한 바구니의 상추를 먹으

며 어머니 생각에 목이 메었다. 어릴 때 기억으로 계절이 이맘때쯤이면 텃밭에 심은 상추는 가장 잎이 넓고 탐스러웠던 것 같다. 단오를 전후해서 어머니는 피부가 고와진다고 아침마다 상춧잎에 맺힌 이슬을 받아서 세수하라고 하셨다. 미처 늦게 일어나면 오목한 접시에 이슬을 받아 모아 두셨다.

거즈에 묻혀 불에 대면 약간은 쌉싸름한 상추 냄새가 밴, 싱그럽고 매끄러운 상추 이슬의 감촉이 이슬만큼이나 맑게 피부에 스미는 듯했다.

『부생육기』의 주인공 '운'이라는 여인은 남편에게 끓여줄 차를 밤새 꽃봉오리 속에 묻었다가 끓인다 했던가.

시간에 쫓기며 사는 바쁜 현대인들에게서는 왠지 여유와 멋이 없어진 느낌이 든다. 공부에 시달리는 아이들과도 대화의 시간도 없고, 아이들은 아이들대로, 어른들은 또 어른대로 지치고 재미없고 점점 기계적으로 되어가는 느낌을 떨쳐 버릴 수 없다. 저녁 시간을 가족과 함께한 것이 오래인 것 같다.

그래야겠구나. 이번 주말 저녁은 싱싱한 상추 한 바구

니 준비해서 기억 속의 텃밭에 묻힌 엄마의 어머니 얘기를 곁들여 아이들에게 모처럼 맛있는 식탁을 선물해야겠다. 엄마의 일 걱정, 저네들의 공부 걱정 잠시 잊게 해야겠다. 공연히 맘이 바빠진다.

끼리끼리
하는 행사

참 바쁜 세상에 우리는 살고 있다. 그러면서도 얼기설기 많은 고리로 서로에게 서로를 걸고 의지하며 살아간다. 바쁘다는 핑계 중에서도 몇 개씩 모임에, 적籍을 갖지 않는 사람은 드물 것이다. 그러나 그 모임들의 형태나 운영이 때론 퍽 비합리적이라는 생각이 들 때가 많다.

모임이나 단체를 만들 때의 목적과 뜻은 혼자보다는 두 사람이, 둘보다는 여럿이 낫다고 생각하는 데 있을 것이다. 그 모임의 질량에 따라 특별한 축제나 행사 때 끼리끼리는 아니었으면 싶을 때가 있다. 특히 문화 행사에 시인은 시인들끼리, 음악인은 음악인끼리…. 너무 단조롭다는 생각이 든다.

음식의 경우도 아무리 주재료가 좋다고 해도 거기에 다른 부재료가 어울려서 맛을 돋우지 않으면 제맛을 내기가 어렵다. 이와 마찬가지로 문화행사에 독자나 관객이나 청중들이 없다면 무슨 의미가 있을까.

시인들의 행사에 음악과 춤이 분위기를 돋우고, 음악인들의 축제에 시와 춤이 곁들여지고, 춤의 마당에 깔리는 음악과 몇 구절의 시와 수필이 동참한다면 얼마나 좋을까? 여기에 지역 경제인들이 다투듯 후원자가 되어주고, 문화인들은 경영인들의 경직된 행사에 또 훌륭한 광대(?)도 될 수 있으리라.

내 분야만 아끼고 다독이지 말고 초대하고 참여하는 상호 관심의 자연스런 융화가 더욱 잘 굴러가는 사회를 만들 수 있지 않을까?

여기에 굳이 개인적인 손익은 따지지 말자. 더 크고 아름다운 조화를 위해서….

각계각층이 고루 참여한 이번 전국체전의 조화는 몇 가지 문제점을 남기긴 했어도 훌륭한 작품이었다. 행사장에 생수를 공급해 주고, 지역을 가리지 않고 뒷바라지를 해준 여러 자원봉사자들과 경기장을 찾아다니며 응원을 아끼지 않던 지역민들, 때맞추어 주변에서 벌어진 볼거리, 먹거리 판을 찾은 시민들의 관심도 큰 몫을 했다고 본다. 끼리끼리가 아닌, 어우러진 마당에 흥이 샘솟고 흥이 곧 힘으로 연결되는 삶! 그런 삶을 살고 싶고 나누고 싶다.

우리 멋
우리 맛

 날씨가 쌀쌀해지자 김장 준비하는 주부들의 장바구니
가 많이 눈에 띄고 분주해 보인다. 가끔 느끼지만, 가정
의 연중행사인 이런 일에 임하는 주부들의 표정을 보면
나이든 주부일수록 더욱 진지하고 성실한 반면 젊은 주
부들은 대개 소홀한 경우가 많다.
 부모님이 만들어다 주는 간장, 된장, 고추장, 김장을
얻어다 먹거나 손쉬운 대로 시중에 나오는 양조 식품을
많이 애용하는 편이고, 김장도 공장에 부탁해서 사다 먹
는 층이 점점 느는 추세인 것 같다. 직장생활로 바쁜 사
람들은 어쩔 수 없다 하더라도 봄에는 고추장, 된장 담

그고 가을, 겨울에는 메주 쑤고, 김장하고, 밑반찬 준비하는 그 곰살곳은 재미가 점점 사라져 가니 아쉬움이 커진다.

식탁에 올라온 청국장 냄새 때문에 부자간에 갈등을 겪었다는 어느 가정의 얘기는 웃어넘기기에는 서글픈 기분이 들었다. 사라져가는 우리의 맛, 우리의 냄새, 우리의 춤, 우리의 가락, 우리의 문학….

너무 급격히 변해가는 사회 풍조가 걱정스럽다는 어느 교수님의 표정이 쓸쓸해 보였다. 요즈음 각종 뷔페 음식점들이 눈에 띄게 늘어나고 있다. 거기에 가면 집에서 자주 해 먹을 수 없는 토속 음식들이 더러 나오는데 그것은 진짜 맛하고는 거리가 먼 것들이 많다. 이름은 그 음식인데 하는 방법에서 그 고유한 맛을 내지 못하는 탓이리라.

필자가 다니는 일터 사장님의 어머님은 손끝이 맵짜기로 소문이 나 있다. 올해로 일흔이신데 며느리가 일에 매여 바쁘다 보니 그때그때 철 따라 밑반찬이며 김치와 귀한 음식을 자주 만들어 보내 주신다. 그 할머니의 김치를 먹어본 사람은 오래오래 그 맛을 잊지 못한다. 옻

닭, 곰국, 찰밥, 호박범벅, 동치미….

일에 묻혀 잊고 사는 사람에게 음식으로 절기를 깨우쳐 주시고 어릴 때 먹던 어머니의 음식 맛을 되살려 주신다.

가정마다 이런 맛을 지키고 이어가야 할 텐데 얼마나 모르고 지내는 가정이 많을까. 수프와 된장국, 에어로빅과 어깨춤, 재즈와 판소리, 자유시와 시조 등등 같이 익히고 같이 발전시켜 우리 멋을 잃지 말고 우리 맛을 잘 지켜갔으면 싶다.

출발에
거는 기대

 시작이 반이다.

 나는 이 말을 참 좋아한다. 무슨 일을 시작할 때마다
이 말을 떠올린다. 더욱이 어렵고 힘든 일을 시작할 때
는 이 말에 용기를 얻고 시작하게 된다. 그러면 반드시
이 말에 실감하게 된다.

 시작은 꿈이고 희망이고 설렘이다. 하루의 시작인 아
침이 상쾌하면 그날은 종일 몸과 마음이 가볍다. 한 달
의 시작인 초하룻날도 설렘으로 맞게 된다. 일 년의 시
작인 새해는 더욱 큰 기대로 보다 좋은 일들이 많았으
면 하는 바람을 가지고 맞는다. 해마다 맞는 새해 설계

가 때로는 이루어지기도 하고 더러는 중도에서 흐지부지 되고 말기도 한다. 너무 거창한 계획 말고 이룰 수 있는 일들로 계획하고 추진해 나가면 그 목표를 향해 더욱 열심일 수 있고 한눈팔지 않을 수 있다고 생각한다.

새로 태어나는 아기에게서 젖 내음 섞인 보송보송한 향기가 배어나듯, 새로 출발하는 신혼부부들에게서 눈부신 희망을 보듯이, 무엇이나 어떤 분야에서나 또 개인이나 단체나 나아가 나랏일에도 처음 시작하는 일에는 늘 싱그럽고 벅찬 기대가 있다.

이제 새로 태어나는 달성신문이 지역민들의 밝은 눈과 귀가 되고 걸림 없는 발언대 역할을 해 주기를 기대해 본다. 이 지역 구석구석에서 일어나는 미담들을 함께 나누고 고통받고 소외된 이들의 아픔도 나누어 가질 수 있는 광장이 되었으면 좋겠다. 달성신문이 지역민들의 선의의 도구로 이용되기를 바라고 악덕상혼에 이용당하거나 흔들리지 말기를 바란다. 지역민들과 고향을 떠난 달성인들에게 기다려지는 신문으로 자리하기를 바란다. 또 이웃 지역과 지역을 잇는 튼튼한 다리 역할도 해주었으면 좋겠다. 시작이 반이라는 말처럼 자신

있는 출발로 알차고 풍부한 읽을거리로 고향 소식에 목마른 외지에 있는 달성인들에게 시원한 샘물의 역할을 해서 오고 싶은 고향, 외면할 수 없는 달성으로 자리하는데 큰 몫을 해 주기를 간절히 바란다.

창간이 있기까지 애써 오신 달성 신문 가족들에게 축하와 격려를 드립니다.

주고 한없이 주고도

바램할 줄 모르는가

모진 공해에도 몸부림조차

삼가고

고향은

하넓은 가슴을

닫을 줄을 모른다.

― 「흙 1」

청소년
놀이문화

우리 아이들 잘 놀고 있는가?

엄마들은 무슨 얘긴가 하고 의아해할 것이고 아이들은 놀게 해 주지도 않는 어른들에게 불평할지 모르겠다.

요즈음 우리 아이들 가까이 그것도 너무 가까이 있는 TV, 비디오방, 노래방, 전자오락실 등 밀폐된 공간에서 눈과 귀를 혹사당하고 정신마저도 빼앗기고 있는 실정이다.

요즈음 우리 아이들에게 하늘을 이고 자연 바람을 피부로 느끼게 할 수 있는 우리의 놀이를 찾아 주자.

자치기, 팽이치기, 제기차기, 공기놀이, 윷놀이, 널뛰기, 연날리기, 말타기놀이, 그네 타기, 굴렁쇠 굴리기….
그러기에는 우리 주변의 공간이 너무 좁다. 아파트 밀
집 지역에는 각 동과 동 사이 일조권도 제대로 지켜지지
않고 있을 뿐 아니라 그나마 좁은 마당에는 양옆으로 자
동차들이 들어차고 있고 마음대로 뛰어놀 공간이 너무
없다.

어린이 놀이터나 노인정 한 칸 정도 있는 곳은 괜찮은
편이고 청소년들이 모일만한 장소는 없다. 그들의 공간
도 마련해 주는 것이 너무 당연한데도 새벽부터 밤늦도
록 책과 씨름하며 공부, 공부, 공부로 기를 죽이고 있지
않은가. 가끔 밤하늘도 쳐다보며 별도 헤아리게 하고
건전한 놀이에 흠뻑 젖게 해주자.

농촌 지역 아동들의 숫자가 줄어드는 관계로 폐교되는
학교 건물을 이용해서 청소년들의 심신 수련장으로 활
용하고 거기서 갖가지 놀이를 즐길 수 있도록 하고 있다
고 하지만 이것들은 우리 청소년들에게 잘해야 일 년에
한 번, 그것도 2박 3일 정도의 짧은 기간뿐이다.

건전한 놀이를 항상 하고 싶을 때 하면서 심신을 살찌
울 수 있도록 그들에게 장소를 마련해 주고 또 시간을

좀 주자. 학교로 학원으로 분주히 다닌다고 그들의 머릿속에 그 긴 시간만큼 공부에 전념할 수 있을까. 참으로 공부를 열심히 하는 아이들도 있겠지만 그들의 마음은 들판을 누비고 있을지 오락실에 가 있을지 어느 운동경기장에 가 있을지 어느 연예인의 공연장에 가 있을지 모르는 일 아닌가.

앞으로 열린교육제도가 시행되면 과연 우리 아이들이 하고 싶은 일을 즐겁게 하면서 적성에 맞는 삶을 살아갈 수 있을지 걱정되는 바 없지 않지만 희망과 기대를 가져본다.

좋아하는 일을 참으로 신나게 할 수 있고 놀 때 구김없이 노는 모습을 흐뭇하고 편안한 모습으로 바라보고 싶다.

봄놀이

　우리 마을에는 해마다 5~6월에 하루씩 부녀자들만의 놀이 날이 있다. 그것은 아주 오래전부터 내려오는 아름다운 축제일이다. 그날만은 호랑이 시어머님도 손자를 종일 거두어 주시고 권위 세우기 좋아하는 남편도 가축들의 먹이까지 챙겨주는 자상함을 보이는 날이다. 세월이 흐르면서 봄놀이의 모습이 많이 바뀌고 있음에 조금은 아쉽기도 하고 그러려니 수긍하면서도 옛날 어머니들의 봄놀이가 무척 인상 깊게 기억 속에 살아 있어서 떠올려 본다.

　그날 어머니는 다림질 잘 된 깨끗한 옥양목 치마저고

리를 입으시고 아주까리기름으로 머리 곱게 빗어 반듯하게 쪽지고 아침부터 분주하셨다. 그날 음식 준비하는 집에서는 깨끗한 논 미나리가 멍석 위에 수북하고 둘러앉은 어머니들은 연신 웃음꽃을 피우며 손놀림을 쉬지 않았다.

기계국수가 나온 지 오래지 않은 그때 가마솥에 물 끓이고 한쪽에서는 참깨 볶아 깨소금 만들고 새로 짠 참기름 넣어 파, 마늘 다져서 양념간장 만들고 집집마다 암탉이 낳은 달걀 몇 개씩 추렴해서 곱게 지단도 부치고 풋고추 부추지짐도 부치고 김 구워 보드랍게 비벼놓고 배추 겉절이와 열무김치도 알맞게 맛이 들어 등장했다. 잘 삶은 국수, 샘물에 헹궈 큰 대소쿠리에 건져두고 간장 참기름 깨소금으로 간을 한 양념장을 만들고 준비해둔 육수에 미나리 삶아 무친 것, 계란지단, 김, 양념간장, 솜씨 좋게 얹으면 아주 훌륭했다.

집집마다 어른들 몫을 챙겨서 날라다 드리고 마당 한쪽에는 아이들도 둘러앉아 후루룩후루룩 정말 맛있는 그날의 국수였다. 거기다가 그날은 귀한 과자에 눈깔사탕도 덤으로 쥐어졌다. 그런 다음 어머니들의 배부르고 마음 부른 점심을 걸쭉한 웃음과 함께 곁들였다. 거기다가 술 솜씨 좋은 댁에서 걸러온 막걸리가 한 순배 돌고 감주도 나올라치면 목청 좋은 앞소리꾼이 놀이의 흥을 일으키기 시작했다. 처음은 느린 음악으로 쾌지나칭칭나네나 창부타령으로 이어지고…, 앞소리꾼의 사설이 손뼉을 치게 하고 오금을 뜨게 하고 어깨를 들썩이게 하고 허리를 흔들게 하고 팔을 들어 흔들게 했다. 춤이라는 것이 음악이 마음으로 전해져서 그 감동이 되살아서 몸짓으로 표현되던 것임을 그때 보았다.

결코 야하지 않고 눈물 나도록 아름답던 그때 어머니들의 봄놀이였다. 세대별로 이어지는 봄놀이 날 노인들의 그날에는 아들들이 찾아와 술 한 잔씩 권해 올리고 며느리 딸들 찾아와 시중들어 드리는 우리 마을 봄놀이! 오래오래 이어지기를 바라는 마음이다.

생명에 대하여

　사람의 생명! 그것은 잉태에서부터 소중하고 축복받아야 마땅할 것이다. 모든 생명! 그것은 신비롭고 벅찬 흥분이다. 그럼에도 살아 있다는 이 은혜를 자칫 잘못 누리기만 할 뿐 생명 존재에 대한 가치와 존엄성을 너무 쉽게 잊고 지내는 것이 아닌지 생각해 보자.

　미물에게까지 살아 있는 것에 함부로 하지 못함은 사람이 베풀 수 있는 은혜를 입고 있듯이…. 이 소중한 생명을 만일 누가 돈과 바꾸고자 한다면 바꿀 사람이 있을까? 누구에게나 하나뿐인 생명을 지키기 위해 안간힘을 쓸 것이다.

그런데 날이 갈수록 인정이 메말라 가듯 사람의 생명도 쉽게 생각하고 해치는 일들이 자주 일어나고 있다. 아무 죄의식 없이 아직도 많이 행하고 있는 낙태 행위는 물론이고, 아버지가 자식들을, 자식이 부모를, 아내가 남편을, 또 이웃이 이웃을…. 무서운 일들이다. 또 편리하고자 이용하는 각종 문명의 이기들이 잘 다루지 못한 탓도 있겠지만 그것들로 인해 인명 사고가 그치지 않고 공사장에서, 고층 건물에서, 해상에서, 하늘에서, 강에서 크고 작은 사고로 수많은 사람들이 주어진 만큼 살지 못하고 아까운 생명을 잃어 간다.

　분명 이 세상에 부름을 받았을 때는 그 사람 나름의 할 일을 부여받고 왔을 텐데 누릴 것 다 누리지 못하고 할 일 다 하지 못하고 아깝게 생명을 잃는 경우도 많을 것이다.

　가까운 예로 대구 지하철 공사장의 가스 폭발 사고로 죽은 등굣길의 어린 학생들을 누가 제 몫을 다했다고 할 수 있을 것이며 서울 삼풍백화점 사고 현장에서 고객이 아닌 직원으로 일하다 억울하게 깔려 죽은 스무 살 전후의 아리따운 생명들을 그들 몫의 생명을 다했다고 할 수 있을 것인가. 물론 함께 그 자리에 있었던 모든 불행한 사람들의 생명도 다 소중하지만 너무도 안타까운 생각이 들어서 하는 말이다.

　다 못 살고 간 그들의 할 일은 살아 있는 사람들에게 더 큰 무게로 실려 올 것이 분명하다. 가깝게는 가족들이 져야 할 슬픔과 아픔이고 이웃에게도 고통 분담이 돌아가고 있다. 우리가 큰일을 당할 때마다 '기적'이라는 말을 사용하지만 이번 삼풍백화점 붕괴 사고 현장에서도 460여 명의 생명이 숨진 가운데도 기적 같은 일들이 있었다. 24명의 미화원들을 구조한 일과 열하루, 열사흘, 열이레 만에 구출된 소중한 생명의 주인공들 얘기다. 아직도 어린 스무 살의 최명석 군과 열아홉 살의 유지환, 박승현 양 등 그들의 생명은 새로 얻은 것이나 마찬가지일 것이다.

　살아날 수 있었던 뒷얘기도 가지가지여서 운 좋게 주어진 좁은 공간에서 배고픔과 무서움을 잘 참아 낸 것은 생을 긍정적으로 보는 밝은 성격과 가족 사랑이 큰 작용을 했다고도 한다. 평소에 가족끼리 나누었던 사랑의 대화와 희망적인 삶의 분위기가 큰 힘이 되었다고 한다. 그들은 어른들이 늘 걱정하고 염려했던 젊은 세대들에게서 밝은 미래를 보게 해준 좋은 예가 되고 있다.

거듭 강조해도 생명은 그 무엇보다도 귀하고 소중하다. 그중에서도 사람의 생명은 으뜸으로 소중하다.

큰 사건 사고가 날 때마다 막을 수 있었는데 이렇게 되었다고 잘못을 따지고 잘못의 원인을 찾아 끈질기게 늘어져서 몇몇 사람들이 책임을 지는 것처럼 또 돈 얼마로 응분의 대가를 치르는 것처럼 보이지만 후회는 언제나 잘못을 앞서지 않는 데 문제가 있다.

사람의 생명이 있는 어디나 어느 곳이나 언제든지 사람의 생명을 먼저 생각하는 마음가짐이 큰 사고 작은 사고를 줄일 수 있지 않을까? 내 생명처럼 남의 생명도 소중하다는 생각을 늘 잊지 않을 때 부실 공사라는 말도 없을 것이고 얼렁뚱땅 넘어가는 지휘 감독도 없을 것이다. 살아 있는 모든 것에 축복과 찬사를 나누자. 그리고 살아 있음에 감사하다.

내일을
위해

　교통법규를 위반한 어른 옆에 어린 아들이 있어 단속을 못 하고 보내줬다는 경찰관의 이유를 들어 보자.

　"우리 국민은 일경에게 시달려온 기억 때문에 무조건 경찰이라면 기피하려고 하고 나쁘게만 보려는 버릇이 있어요. 이것을 근본적으로 고치는 방법으로 20년 후쯤을 생각해서 어린이들에게 고마운 경찰, 친절한 경찰상을 심어주기 위해서 나름대로 이런 방법을 쓰고 있고 동료들에게도 부자와 함께 있을 땐 단속하지 말라고 합니다."

　고맙고 흐뭇한 얘기였다.

30년 후의 열매를 보기 위해 잣나무를 심는 나무 할아버지의 집념과 제5공화국 정부가 들어서면서 올바른 국민상을 키우기 위해 유아교육에 깊은 관심을 가지고, 마을마다 유아원을 운영케 하는 일이랑 전국체전에서 하위권만 머물던 충북이 소년체전에서 7연패의 기염을 토하는 일이랑 모두가 눈앞의 이익보다는 장기적인 안목으로 기울이는 노력이 아니겠는가.

보다 나은 내일을 위해 세제稅制가 바뀌고 물가제도가 바뀌고 입시제도가 바뀌고 하는데 그때마다 희생이 따르고 어려움이 따르게 됨은 그 난관을 넘기 위해 이 시기에 사는 사람들이 감수해야 할 일들일 게다.

먼 훗날 도처에 주인 없는 생필품 가게가 적자 없이 운영되고, 거리는 청소부가 없어도 거울같이 깨끗하고 유원지의 화장실이 내 집 화장실처럼 편하고 깨끗해지고, 사람이 많이 모이는 곳일수록 질서와 정돈이 더 잘 되고 더 조용하고, 법원이나 경찰서가 가장 한가한 곳이 되고, 양로원과 고아원이 문을 닫게 되고, 맹인이나 지체부자유자가 자유롭게 다닐 수 있도록 거리나 교통설비가 돼 있는 살기 좋은 복지국가! 그때는 소비자가 비양

심적인 상인 때문에 울지 않아도 될 게다. 생각만 해도 신이 난다.

　도저히 이룩될 것 같지 않던 일이 이루어지는 것을 기적이라고 하던가.

　우리의 생각으로는 어렵고 힘들던 일이 우리 세대에서는 도저히 해낼 수 없는 일들이 다음 세대에는 꼭 이루어지리라고 믿고 싶다. 우리가 지난 세대보다 더 나은 생활을 할 수 있도록 발전하였듯이 더 좋은 방법으로 개선 발전되기를 바라는데 초조나 염려는 접어두고 느긋이 믿어 보자.

남자와 술

　때로, 술은 왜 만들어졌으며 누가 만들었을까 원망스러울 때가 있다. 분명히 최초의 술은 기쁜 일에 쓰기 위해 만들어졌을 것이다. 그런데 가만히 보면 술이 커다란 재앙을 불러오기도 하니 탈이다. 남자와 술은 더욱 깊은 관계인 것 같다. 술을 사랑하는 남자는 매력이 있다. 그러나 술에 먹히는 남자는 꼴불견이다. 어쩌다 모임에 참석하면 으레 술이 따라 나온다. 점잖은 모임에 고급 손님들답게 맥주 몇 병으로, 아니면 소주 몇 잔으로 분위기가 어우러질 만하게 마시고 그만했으면 좋으련만 술이란 게 그렇지를 못한 모양이니 탈이다. 넥타이에 정장까지 하신 분들이 술 몇 잔이 들어가면 거침없이 음담패설淫談悖說이 술술 나오니 함께 앉아 있기 민망할 때가 많다.

술만 들어가면 흥분을 잘하는 사람도 있다. 어울리지 않게 걸핏하면 우는 사람, 또 고래고래 소리를 지르는 사람, 노래를 불러대는 사람, 아니면 좌석을 가리지 않고 안방인 양 코를 고는 사람, 또 누구에겐지도 모르게 계속 시비를 거는 사람, 술은 이렇게 멀쩡한 사람을 가지가지 형태로 바꾼다. 꼭 이래야 하는 것일까?

신이 인간을 만들 때 모든 것을 다 갖춘 사람을 정상인이라 한다면 어쩌다 부수적으로 한 가지를 더 주었거나 덜 준 상태가 아닌가 하고 이 취한 사람에게서 느끼게 된다.

알맞게 마시면 기분 좋다는 술을 넘치게 마셔서 술 잘 먹기 내기라도 하듯 허세를 부리고, 본래의 그 사람에게서 감춰진 모든 아름답다고만 할 수 없는 버릇이 드러나고 말아서야 되겠는가.

아무리 가까운 사이라 해도 지나치게 취한 모습을 보는 것은 곤혹困惑스럽다.

하루의 일과를 끝내고 직장에서 있었던 모든 무겁고 어려웠던 일을 한 잔의 술로 풀어 버리고 밝은 얼굴로 가족에게 돌아올 수 있는 남자. 가족을 위해서 하고 있는 자신들의 일이 결코 멍에가 아니라 보람으로 아는 남자. 그들에게 왜 스트레스가 기름 찌꺼기처럼 혈관에 끼이겠는가.

새날은 언제나 기다리고 있는 것을….

술로 인해서 버려진 사람들의 인간성 회복이 아쉽다.

농촌에서

　건강하게 지내고 싶은 것은 모든 사람들의 소망일 게다. 그러나 선천적으로 건강 체질로 타고난 사람들은 모르겠으나 병약한 사람들이 건강을 지키는 일은 참으로 어렵다. 불의의 사고로 병원 신세를 지는 일 말고도 지병持病으로 고생하는 사람들의 건강을 향한 몸부림은 참으로 안타까울 정도다.

　벌침을 맞으러 다니는 신경통 환자가 있는가 하면 당근이나 '알로에즙', '케일즙'을 상복하는 성인병 공포증 환자들도 늘고 있다고 한다. 얼마 전에는 자연식自然食 동우회 같은 모임이 발족했다는 소식도 들었다.

이런 몸부림에 앞서 우선 오염된 모든 분야의 정화작업이 급선무일 것 같다. 각종 폐수로 인한 물의 오염, 각종 가스 배출로 인한 대기오염, 각종 쓰레기 방치로 인한 환경오염, 각종 화학비료의 남용으로 인한 사토화 현상….

따지고 보면 이 모든 것이 인간으로 인해 비롯된 자업자득自業自得이지만 결국은 또 사람들이 그 오염된 물과 공기를 마시고 죽어가는 흙에서 나는 식품을 먹고 더럽혀진 환경에서 살게 되므로 더욱 건강을 지키기가 어려워지는 것이 아닌가 생각된다.

얼마 전 큰 도시에 사시는 세 분의 시인이 내 거처에서 하루를 쉬고 가셨다. 만날 때마다 들렀다 가시라고 말은 했어도 은근히 접대에 염려가 되었는데 여름내 울타리를 장식했던 애호박을 따서 나물을 볶고 호박잎 쌈을 된장찌개랑 곁들이고 빛 고운 살구 술을 반주로 올렸더니 그렇게 좋아하실 수가 없었다. 그리고는 우리 내외더러 복 받은 사람들이라 했다. 이렇게 깨끗한 환경에서 맑은 물과 공기를 마시고 손수 키운 공해 없는 식품을 먹을 수 있는 은혜가 예사로운 것이 아니라 했다. 그러고 보니 정말 다복하구나 싶어졌다.

그동안 집에 있을 땐 생기 넘치던 내가 볼일을 보기 위해 도회지로 향하는 자동차에만 오르면 멀미를 하는 이유를 알 수 있을 것 같았다.

농촌에도 농약과 비료의 공해가 문제시되고 있지만 그래도 아직 농촌은 살아 있다.

시방 황금 물결이 넘실대는 저 들판을, 폐 속 깊이 마셔도 마셔도 식상하지 않는 이 신선한 자연의 공기를 아파트촌에서, 빌딩의 벽돌 상자 속에서 병자처럼 핼쑥해진 도시의 모든 사람들에게 선물하고 싶은 농촌의 가을이다.

잘못된
제도들

친정 쪽 집안의 고등학생이 오토바이 사고를 당해서 병원에서 뇌수술을 받고 입원 중이다. 시골에서 야간고등학교를 다니다가 늦은 귀갓길에 일어난 사고인 모양인데 오토바이에 대한 상해보험 가입도 돼 있지 않은 상태이고 교통사고로 처리되다 보니 의료보험 혜택을 받지 못하는 모양이다. 안타까운 일이다.

우리나라에 의료보험이 도입된 지 십여 년이 넘었고 전국으로 적용된 지도 수년이 지났으나 아직도 잘못된 부분이 수정되지 않고 있는 모양이다.

맞벌이 부부인 경우 직장마다 보험료를 내고 있고 같

은 직장에 다녀도 두 사람이 모두 의료보험에 가입해야 하는 등 어쩌다 가족이 부득이 주소지를 따로 갖고 있으면 부부라도 한쪽이 혜택을 볼 수 없는 경우도 있고 부모나 처부모도 주민등록이 함께 되어 있지 않으면 혜택을 볼 수 없는 등 애매하고 이해할 수 없는 부분이 많다.

공단지역 의료보험관리공단은 진작부터 많은 흑자를 내고 있는 실정에서도 도시나 농촌 서민들의 의료보험료는 턱없이 높이 책정되어 매달 너무 큰 부담을 안고 있다고도 한다. 모든 사무가 전산화되어 있는 지금 그 가정의 수입 정도나 가족 수에 비례하여 한 사람이 내는 보험료로 자기 가족이 모두 혜택을 입도록 되어야 하는 것이 아닐까. 한 가정에 부모나 자녀가 직장생활을 할 경우에 아버지가 부담하는 보험료로 부모나 아들이 없는 처부모, 독립하기 전의 자녀는 함께 혜택을 볼 수 있도록 되어야 하지 않을까? 아이들 교육 때문에 부득이 주민등록이 함께 되어 있지 않는 가정도 어느 한쪽이 의료보험료를 내면 전 가족이 혜택을 입도록 함이 마땅하다고 생각되는데 그렇게 되지 않고 있다.

그리고 교통사고로 처리되어도 보험과 연결되지 못했

을 경우에는 도시나 농촌 의료보험에 가입되어 있다면 의료비를 분납하는 형식으로도 일단 혜택을 받을 수 있어야 한다고 본다.

넉넉한 사람들이야 큰일을 당해도 돈 때문에 걱정할 일이 없겠지만 서민들에게는 늘 문제가 되는 것이다.

약국에서 의료보험증을 내고 약을 지을 경우도 경미한 감기약이나 간단한 처방일 경우에는 유용하지만 꼭 필요한 중요하고 비싼 약일 때는 해당이 안 되고 있는 현실이다.

참으로 모든 국민이 골고루 잘 지낼 수 있도록 하기 위한 복지정책이라면 어렵고 힘든 사람들을 우선 생각하고, 우선 보살피고, 우선 치료해 주어야 한다고 본다.

말이 난 김에 말이지만 우리 주변에 어디 문제없는 곳이 있는가. 입시제도도 그렇고, 세금제도도 그렇고….

제도란 잘못되었다고 인정될 때 그 시대와 상황에 맞게 고쳐져야 한다. 모두가 잘 살고 편리하자고 하는 일인데 어느 특정인을 위주로 해서도 안 되지만 어려운 사람들이 따르기 힘들도록 되어서도 곤란하다. 적은 특정인들보다는 많은 소시민들을 위해서 만들어지고 다듬어지고 지켜져야 한다고 본다.

언제쯤 마음이 춥지 않는 겨울을 맞이할 수 있을까.

고창의
청보리밭

고창의
청보리밭

청보리밭을 간다고 했을 때 갑자기 가슴이 뭉클하면서 목이 메어 왔다. 보리는 가난을 떠올리고 청보리는 가장 힘든 보릿고개가 연상되기 때문이었다.

내게도 아버지 어머니의 어렵던 시절 얘기가 있었기 때문이다. 엄마는 열다섯 살에 아버지께 시집와서 스물아홉에 초산을 한 그 당시로써는 노령의 산모였다.

사연인즉 부잣집 집사장이었던 할아버지는 마흔 조금 넘어 며느리를 얻고부터 집사장을 보시느라 직접 농사일은 하시지 않고 틈만 나면 낚싯대를 메고 낙동강으로 나가셨다.

그래서 아버지는 혼자서 동분서주 열심히 일하시다가 어느 날 중소 한 마리 몰고 가출을 하게 되셨고…, 할아버지는 스스로 그 책임을 지고 하루아침에 그 풍족하던 삶을 버리고 할머니, 어머니, 두 분 삼촌을 데리고 두 칸 오두막으로 나오셨다. 그때부터 어머니의 피나는 가난이 시작되었고(홀치기로 가족의 생계를 잇는)… 오 년 만에 빈손으로 돌아온 아버지는 타고난 부지런함 하나만으로 남의 일도 돕고 작은 밭뙈기 하나로 식구들을 책임져 나갔다.

위로 오빠, 언니에 이어 엄마의 늦둥이로 태어나 큰 가난 체험은 안 했지만 어릴 적 동부 콩으로 쑨 죽을 아침으로 먹던 기억은 있다.

고창의 청보리밭에 도착했을 때는 아주 절정일 때였다. 이삭이 패고 아직 익지 않아 누런빛이 들기 시작할 즈음이었다.

윤용하의 '보리밭 사잇길로 걸어가면…' 낭만적인 노래도 떠올랐지만 어머니, 아버지 생각에 잠시 숙연해졌다. 출렁이는 보리 물결이 아버지 어머니의 서러운 삶으로 크게 밀려오는 것이었다.

고창의 보리밭에서
출렁임을 보고 왔네

아버지 까끄라기 삶
소리 없이 기워 살던

어머니 깜부기 가슴도
아직 넘실거렸네

　 ―「고창의 청보리밭」

　5년의 방황에서 무엇을 얻고 오셨는지 아버지는 그로
부터 삼 남매의 자상한 아버지로, 할아버지께는 소문난
효자로, 두 분 숙부들과 소문난 우애로, 어머니랑은 금
실 좋은 부부로 사셨지만 가난에서 크게 벗어난 적은 없
는 것 같다.

아쉬운
인사말

"편지요!"

반가운 음성 따라 쪼르르 대문 쪽으로 갔다. 언제나 무
표정한 우체부 아저씨가 편지를 내밀었다. 나도 언제
나 그분의 얼굴보다 편지에 눈길을 주었고 또 거의 무
의식적으로 받아들었다. 빨간 자전거가 말없이 떠나고
난 뒤 어떤 아쉬움을 안고 멍하니 서 있다. '고맙습니
다.', '수고하십시오.' 이 정도의 인사말을 먼저 건네
지 못하는 나에게 결점이 있는 것일까?

어느 날 피차 한마디의 인사말쯤은 꼭 필요치 않으냐
고 가족들에게 역설(?)했다. 특히 실천력이 많으신 엄마

가 어떤 결심을 하시는 모양이다.

  그로부터 며칠이 지난 어느 날 오후, 우체부 아저씨는 등기 봉투를 들고 도장을 요구하며 잠시 피곤한 몸을 마루에 의지했다. 그분의 표정은 여전히 무거웠다. 도장과 편지를 받아들고 힐끗 엄마의 옆 얼굴을 살폈다.

  "매일처럼 수고가 많으시겠습니다."

  엄마가 먼저 말을 건넸다. 순간 우체부 아저씨의 표정이 의아한 듯했다. 이쪽의 인사말이 약간 무안해졌다. 그날 우체부 아저씨와의 따뜻한 인사는 끝내 이루어지지 못했다. 이렇게 삭막한 생활풍습이 답답해졌다.

  서로 위로의 인사말을 나눌 수 있는 여유가 우리네 생활 주변에 하루속히 심어지기를 바랬다.

애국하는
마음들

'스포츠'에 흥미를 갖지 못했던 소녀였다. 여학교 때 운동기구 한 번 제대로 잡아보지 못했고 최선을 다해 뜀박질 한 번 해본 일이 없는 체육엔 무관심한 소녀였다.

그러나 지금은 사정이 변했다. 라디오와 신문의 스포츠 뉴스나 해설에 점차 관심을 갖기 시작했다. 이번 ABC 대회에서 우리 여자 농구팀이 8전 8승의 대기록을 올려준 것은 기쁨이었다. 본국에서의 승리인 만큼 안정된 승리라고나 할까? 일본에서의 청소년 축구단은 사정이 좀 달랐다. 연 2패의 기록은 가슴 아픈 일이었다. 선수 일행의 심정이야 오죽했으랴.

그렇지만 제3차전에서는 좋은 결과를 거두었다. 기쁨의 수확이 있으나, 그 뒤에서 너무나 많은 겨레의 혈맥이 뛰고 있었다는 것을 잊어서는 안 될 것이다. 연 2패의 전적을 보고도 실망치 않고 비를 맞으며 열렬한 응원을 보낸 재일교포의 애국에 나는 가슴 벅찬 감격을 누를 길 없었다. 아나운서의 중계를 들으며 나는 교포 여러분들의 함성에 맞춰 그네들을 위한 마음의 박수를 보냈다. 나라를 사랑함은 국민의 당연한 도리이거니와 국내의 일부 인사와 같이 애국을 메고 다닐 수는 없는 노릇이다. 제스처 없는 피의 교류는 오늘도 내일도 아니 영구히 모국에 대한 사랑으로 알알이 영글어 또 하나의 승리를 가져올 것이라고 굳게 믿고 싶다.

애국하는 마음이 우리 모두의 가슴에 심어져 밝음을 향해 줄달음쳐야겠다.

엄마에
미더운 딸이 돼야죠

 8월 25일 자 매일신문 문화면에서 최갑이 씨의 '어머니의 마음'을 읽었다. 순간 그지없이 자애롭고 또 딸에게 그만큼 깊은 관심을 가져주시는 모범적인 어머니의 자격을 갖춘 분으로 우선 경의를 표하고 싶다. 그러나 대조적인 딸의 행동을 얼른 이해할 수 없어 몇 마디하고 싶어진다. 어느 가정이고 어머니는 가족에게 희생적이면서 사랑을 무한량 베풀어주는 존재임엔 틀림없으리라. 그렇다면 엄마는 곧 좋은 자녀들의 상담인이 아닐까? 이런 엄마에게 비밀을 가진다는 것은 순진함을 넘어 잘못이라 생각된다.

나 역시 몇 통의 편지를 받아 보았지만 한 번도 엄마 몰래 수취한 편지가 없다. 직접 받은 것이 대견스러운 게 아니라 혹 부재 시에 온 편지도 엄마의 손에서 틀림 없이 내 손에 옮겨 와서 개봉된다.

　나는 우편물을 받으면 즉석에서 가족과 함께 읽는다. 무조건 최갑이 씨가 지적한 '이런 식의 교제'라는 속단 을 내리기까지는 딸의 태도가 어느 정도 성장한 까닭이 었으리라. 그러면 왜 혼자 두려워하기 전에 엄마랑 상 의하지 못했는지 안타깝다. 어린애가 아니란 것만 믿고 행동하다 엄마의 가슴을 태우는 어리석은 딸이 되지 말 았으면 좋겠다. 엄마는 항상 딸의 편에서 딸에게 유리 한 가르침을 주실 것이다.

　엄마가 보기엔 아직 어리고 철없는 우리들!

　좀 더 엄마랑 가까이서 우리들의 문제를 해결해 나가 는 현명한 딸이 됐으면 좋겠다. 그래서 엄마가 보는 딸 들이 자랑스럽고 믿음직하도록 해보자.

사랑의 종

　밤 10시 라디오에서 방금 종이 울렸다. 전파를 통해서 듣는 종소리가 가슴을 파고든다. 그리고 종소리의 여운과 함께 아나운서의 몇 마디 말이 무척 심금을 울린다.

　한데 어찌 된 일로 내가 사는 동리에서는 밤 열 시 '사랑의 종' 소리가 들리지 않는다.

　'사랑의 타종' 운동은 교회와 성당 그리고 각 단체기관에서 십 대를 밤의 유혹 속에서 건지자는 목표 아래 시작된 사회적인 일 중에서도 가장 흐뭇한 관심을 갖게 하던 일이었다. 그런데 채 두 달이 못 되어 종소리는 뜸해졌다. 그렇다고 아직은 십 대의 야간 외출에 절제가 생긴 것도 아닌 모양이다.

 사회 도덕의 근원 처가 되어 있고 인간관계를 통한 모든 구비 조건을 기르는 곳이기도 하면서 이렇듯 비협조적일 수 있을까? 그것이 또 일요일만 되면 한가로운 마음의 해방을 주지 않으려는 듯 거의 광적(?)으로 복음을 알리는 종소리가 질서도 없이 사방에서 요란하다.

 한데 어째서 밤 열 시 두세 번으로 부모님과 형제의 가슴을 흐뭇하게 해줄 '사랑의 종'은 쳐주지 못할까?

 이해할 수가 없다.

 청소년을 위해서 마련된 '사랑의 타종'이 영원한 우리의 사회 안녕을 위한 계시가 되어 줄 것을 바란다.

버스에서의
구걸… 냉랭

　정동으로 가는 시내버스에서다. 어느 정류소에서 승객의 틈바구니에 끼여 흔들리는 차체에 몸을 바로 가누면서 버티어 선 7세가량의 허술한 소년이 올라섰다.

　"차 내에 계시는 아저씨, 아주머니, 형님, 누나 여러분 앞에 인사드립니다. 날이 갈수록 냉랭하기만 한 날씨와 같이 냉정한 인정을 피부로 느끼면서 거리를 헤매는 우리는 의지할 곳도 없이" 차마 다 옮기지도 못할 정도의 애조 어린 말이 가슴을 자극했다. 그런 다음엔 "어디메 계시온지 보고픈 어머님은…." 울먹이듯 혀가 바로 돌지 않는 처량한 음성으로 노래를 구성지게 불러 넘기고 승객 앞을 지나며 손을 벌린다.

　몇 사람 앞을 지나쳤지만 때 묻은 고사리손엔 동전 몇 닢이 쥐어져 있을 뿐 푸짐한 동정이 없었다. 두터운 외투로 몸을 감싼 신사 숙녀들은 미간을 찌푸리며 추한 손길이 행여 옷에 스칠세라 피해버린다.

　도대체 누구의 잘못이고 누구의 죄일까? 때에 전 고사리손에 모인 동전을 거둬들이는 저 아이의 부모는 대체 어떤 사람일까? 절박한 현실이 밉고 그 아이의 부모가 미웠다.

거스름돈
2원

학교와 거리가 멀어지면서 학생이란 말을 듣기가 거북해졌다. 한데 무난한 옷차림으로 나서고 보면 가끔 난처한 입장에 부딪친다.

어느 날 버스를 타면서 10원짜리를 줬다. 힐끗 내 모습을 보던 여차장은 돈을 거슬러 주었다. 무의식적으로 받아놓고 보니 7원이라 꺼림칙한 마음으로 차장 뒤편에 앉았다.

잠시 후 차장이 아래위를 살펴보더니 "학생 아니지예?" 라고 말을 걸어온다. "왜요"라고 시치미를 뗐더니 "학생 아니면 2원 돌려주이소." 라 했다. 막상 이 말을 듣고 보니 마음이 달라졌다.

한참이나 복잡한 생각에 잠긴 채 그녀가 내밀고 있는 손을 외면하고 있었다. 다시 서로가 부딪치는 눈길을 피하며 결국 그녀의 손에 2원을 들려주었다.

마음의 응어리가 풀려지지 않았다. 하차 시엔 "미안합니다. 차주에게 충성 많이 하세요."란 야비한 말을 내뱉고 말았다. 말뜻을 미처 못 알아들었는지? 그녀는 상냥하게 웃으면서 "괜찮아요."라고 했다. 여하튼 이날은 옹졸한 사고를 했던 자신이 참패하고 말았다.

드디어 2원 때문에 옹졸한 자신의 탈을 벗을 수 있는 날이 왔다. 5원짜리 동전을 주었더니 차장이 힐끔 보더니 2원의 거스름돈을 내밀었다. 나는 서슴지 않고 "학생 아네요."라고 분명히 말해 주었다. 차장의 얼굴에 미소가 번지는 것 같았다.

난 이제는 2원의 거스름돈 때문에 걱정하지 않아도 좋겠다고 즐거워했다.

교통 위반에
친절한 충고

붐비는 오후 중앙통 횡단보도를 지날 때였다. 뭔가 골똘히 생각하고 걷는데 호각소리가 났다. 멈춰서야 했지만 그대로 옮긴 발길. 지키고 섰던 교통순경 아저씨.

"아가씨, 이리 와요."

순간 부끄러움과 죄책감으로 난 어쩔 줄 모르면서 조심스레 다가섰다.

"알 만한 사람이…. 조심해요."

미소 띠며 넘겨주는 붉은 색지에서 얼른 눈에 뜨인 것은 '신호 위반'에 볼펜으로 친 동그라미였다. 그런데 이상하게도 움켜쥔 경고장을 포켓에 넣고 돌아서는데 자꾸 어리광스런 웃음이 나왔다. 이 흐뭇한 보살핌이 철없게도 미덥고 즐거웠다. 집에 와서 펴본 경고장에는 19가지의 교통 위반 사항이 나열돼 있었고 아래엔 굵직한 글씨로 이렇게 쓰여 있었다.

"귀하는 순간적인 부주의로 위와 같이 본의 아니게 법규를 위반하였음을 유감된 일로 생각합니다. 금후 이와 같은 위반 행위가 없도록 노력하여…."

이토록 시민의 생명을 위험으로부터 지켜주는 경찰 당국과 불철주야 애쓰시는 교통순경 아저씨께 다시 한번 감사드리고 싶다.

다방의
껌팔이

　평소 다방이나 다과점 등을 잘 이용하지 않는 편인데
어쩌다 친지를 모시기 위해 가끔 들리게 되면 모처럼의
오붓한 자리를 껌팔이와 구걸식의 잡상인들로 하여 언
짢은 기분이 되기 일쑤다.

　한 번 거절에 지나가면 좋으련만 계속 억지를 쓰는 데
는 불쾌해지기도 한다. 영업주 측에서는 손님들의 편의
를 위해 출입을 억제하든가 한 번 이상의 권유를 못 하
도록 제재가 있었으면 싶었다. 물론 그네들도 삶의 수
단으로 그런 행상을 하겠지만 얘기를 나누는데 옆에서
떼거지를 쓸 때는 화를 낼 수도 없고 외면해 버릴 수도

없고 신경이 여간 쓰이지 않는다. 물건을 팔겠다는 그 열의는 가상하나 상대편의 입장도 좀 헤아려 가면서 상 행위를 할 수는 없을까?

간혹 버스 안에서도 같은 졸림을 당하고 나면 외출하 기가 여간 조심스럽지 않다. 왜 자유스런 분위기로 명랑 한 사회생활을 할 수는 없을까? 영업주나 이런 잡상인 들을 위한 좀 더 건전한 또 명랑한 상행위를 할 수 있는 당국의 보호책은 없을까? 소시민의 꿈이자 바람이다.

은혜가
촉촉이 내린다

그렇게도 혹심하던 가뭄이 걷히고 이다지도 시원스레
비가 내린다. 먼지가 풀풀 나던 밭두렁을 보면서 배배
말라 타들어 가던 콩, 고추 등의 밭곡식을 보면서 하늘
이 원망스럽다 못해 이렇듯 인간의 무력함 내지는 자연
의 위대함(?)에 그저 입이 다물어지지 않을 뿐이었다.

차를 타고 가다 길이를 헤아릴 수 없이 늘어선 관수 파
이프를 보면서, 파이프의 군데군데 얼굴이 타들어 가는
모습으로 농기구를 메고 애쓰던 농부들을 보면서 왈칵
가슴이 미어져 오고, 내가 누리는 호사에 송구함을 느껴
내리고 싶은 충동이 느껴지기도 했다.

농부의 딸로 태어났지만, 농사를 모르고 자랐고 또 농가로 시집을 왔지만 역시 농사는 직접 해 본 일이 없기에 일찍이 이런 농민의 절박함을 느끼지는 못했었다. 그런데 이즈음 그 심각성을 피부로 느낄 수 있도록 농가의 이웃에 살면서 그 아픔이 전해져 옴을 느낀 것이다.

이게 울 밖 못자리의 묘판을 지켜보게 되면서 못자리의 물이 말라간다 싶을 즈음 수도꼭지에 호스를 꽂고 물괴기를 기다리던 사십 대 아주머니의 안타까운 표정이 두고두고 지워지지 않았다. 그렇듯 정성으로 모는 잘도 자라는데 옮겨갈 논바닥은 그야말로 바윗덩이 같은 흙더미가 뒹굴고 있었고 그 틈에서도 잡초는 무성히 잘도 자라고 있었다.

하늘만 쳐다보는 그들의 표정이 밥상을 대할 때마다 밥알에 비쳐들기 시작하더니 두어 평 남짓한 마당 채소밭에서 나도 그들과 함께 비를 기다리는 간절한 기도를 올리고픈 마음이었다.

아이가 세숫물을 많이 쓴다고 야단을 치고, 식수를 길러 오는 남편의 근무처 사람들에게 물통에 물을 넘치지 않도록 지켜 서서 감독을 하기도 하고, 빨래 헹굼 물을 모아 두었다가 걸레를 빠는 등 제법 안간힘을 쓰기도 했었다.

바람만 달라도 비바람인가 싶고 구름만 몰려도 행여나 싶고 반짝 날이 들면 절로 목이 타들어 가곤 했었다. 그런데 누구의 간곡한 바람의 덕일까? 이토록 촉촉이 은혜가 내린다.

이번 비로 완전 해갈과 모내기를 마칠 수 있으리라는 반가운 소식과 함께 장마가 시작된다는 일기예보가 새로운 긴장을 하게도 했지만 지난 밤 그 시원스런 빗줄기가 잡초 무성하던 논에 이른 새벽부터 경운기 소리 요란하더니 말끔히 모내기 할 수 있도록 다듬어져 있었다.

언제 애가 탔더냐 싶게 비를 맞으면서도 즐거운 손놀림을 하던 농부 내외의 환한 웃음을 보면서 오늘은 덩달아 발걸음이 가벼워진다. 인간이 아무리 뛰어난 두뇌로 갖가지 재주를 부릴 수 있다고 한들 자연의 힘 앞에서는 그저 젖먹이 어린아이처럼 무력할 뿐 아닌가!

새삼 신의 섭리 앞에 고개 숙여질 뿐이다.

찐쌀의
추억

언제부터인가 도시의 거리에 새 기호품으로 등장하는 찐쌀을 만나게 된다. 이 찐쌀을 볼 때마다 나는 어머니를 생각하고 그 지극한 사랑에 코끝이 찡해 온다.

원래 찐쌀은 쌀이 귀할 시점에 묵은쌀은 떨어지고 햅쌀이 나기 전 덜 영근 벼를 훑어 찌고 말려 절구에 빻아 만든 쌀로써 삶은 보리쌀 위에 얹어 노인네들이나 노약자들의 식사용이었으나 그것을 한 입씩 먹어보고 자란 40~50대 농촌 출신 사람들에게 그 고소하고 진한 맛을 뿌리칠 수 없는 향수 어린 기호품으로 만나니 반가울 수밖에 없다.

내 나이 열여섯 살쯤의 봄날 급성관절염과 악성 감기가 겹쳐 식욕을 잃고 방에서 누워만 있을 때 엄마는 측은해 못 견디겠다는 듯이 먹고 싶은 것을 얘기하라고 하셨다. 그러나 금방 생각이 나지 않았다. 엄마는 "그래도 생각해 봐라. 먹고 싶은 것이 있으면 해 줄게."

그러시는 엄마를 위해 생각해 낸 것이 바로 찐쌀이었다. 그러나 그것은 힘든 일이었다. 그때가 봄이었기 때문에. 그러나 어머니는 그 봄날 도시의 어디에서 한 되쯤의 볍씨를 구해다가 불리기 시작했다.

하루쯤 불려서 한나절 푹 찐 다음 볕에 말려 절구에 빻아 찐쌀을 해주셨다. 음식이라고는 먹지 못하던 마른입에 한 줌의 찐쌀을 넣고 이삼십 분을 불려서 그 즙을 삼키기를 한 이틀 하고는 식욕을 되찾았다. 엄마의 기쁨은 말할 수 없었다. 그것으로 꺼져가는 생명에 생기를 찾았다. 돈만으로는 될 수 없는 정성과 사랑으로 살아난 것 같았다.

그로부터 가을날 찐쌀을 볼 때마다 어머니를 생각하고 찐쌀을 좋아하게 된 것이 요즘도 그냥 지나치지를 못하게 되었다. 또 이 찐쌀을 그늘에 잘 말려 보관했다가 설

무렵 만든 강정 맛은 여느 강정에 비길 수 없을 만큼 고소하고 맛있다. 지금도 경상도 이남 지방인 성주, 고령 지방에는 찐쌀로 강정을 하는 집이 많다.

이제는 남아도는 쌀농사로 추렴 찧어 웁쌀로 쓰기 위한 찐쌀이 아니고 잊힌 도시인의 새 기호품으로 내접을 받게 되나 보다. 그러나 이것도 원래의 연둣빛을 내기 위해 야채 잎이나 색소를 쓰고 있다는 소문이 들리니 우울하고 언짢은 기분이 든다.

어려운 환경
사랑·우정으로 극복

농사밖에 모르던 아버지께서 도시로 이사한 이유를 알기에 내 나이 열 살은 너무 어렸다. 고향인 달성군 하빈면 봉촌리에 동곡국교 1학년을 마치고 2학년 새 학기부터 대구 인지국교에 다녔다. 낯선 환경, 낯선 친구들을 사귀기까지 이웃에 살던 두 살 위 사촌 오빠와 한 살 아래 사촌 동생은 나의 보호막이 돼 주었다. 책가방도 들어주고 짓궂은 개구쟁이들의 접근을 막아주었다.

친오빠와 언니는 너무 일찍 철이 들어 스무 살도 되기 전 생활인이 되어 갔고, 나는 할아버지와 아버지, 어머니, 오빠, 언니의 사랑을 한 몸에 받으며 자랐다. 그러나 도시

생활이 시작된 그해부터 거의 해마다 봄부터 가을까지 잔병치레로 보내기 일쑤였다. 일 년에 며칠씩 결석을 했고 그때마다 반 친구들이 찾아와 그날 배운 것을 가르쳐주고 숙제를 일러줘 집에서 학습 진도를 따라갔다. 어머니께서 아이들을 잘 대해줘 늘 친구들이 몰려왔고 해가 질 때까지 놀다 갔다.

오빠는 틈틈이 가정교사가 되었고 언니는 좋은 친구 겸 훌륭한 선배였다. 할아버지는 집안의 어른으로서 아버지와 어머니, 작은아버지와 작은어머니의 극진한 공경을 받으셨고, 아버지와 작은 아버지의 형제애도 유별나서 동네 분들의 칭송을 받으셨다. 우리 삼 남매도 사촌들과 친형제처럼 사이좋게 지냈다.

여름방학이면 들길을 누비며 곤충채집과 식물채집을 함께 했고 몇 마리 토끼를 기르는 일도 늘 같이했다. 학교 주변 논에 벼가 누렇게 익을 무렵 살찐 벼메뚜기를 잡느라 해지는 줄 모르고 헤매기도 했다.

할아버지 방에는 『심청전』, 『춘향전』, 『조웅전』, 『옥단춘전』, 『장화홍련전』 같은 책이 있어서 그것들을 아주 재미있게 읽었고, 그 무렵 학교에서 받아보던 어린이 신문에 연재되었던 의적 일지매 얘기에 푹 빠졌다.

할아버지와 아버지, 어머니는 우리에게 특별히 이래라 저래라 하신 적이 없다. 큰소리 나는 일도 없었고 누가 크게 말썽 피우는 일도 없었으며 함께 둘러앉으면 늘 웃음 소리가 그치지 않았던 기억이 난다.

대구여중 1학년 가을 무렵 급성관절염을 앓기 시작했다. 심할 때는 걸음을 걸을 수 없었다. 그때 교통 사정도 좋지 않아 지금의 하나백화점 부근의 집에서 학교, 현재의 대구중앙도서관 자리까지 걸어 다니는 일은 여간 무리가 아니었다.

그때부터 나는 말수가 적어지고, 혼자 있고 싶어 친구를 만나는 대신 학교 도서관에서 위인전과 문학 서적들을 탐독했다. 약을 상용하면서 억지로 등교했다. 3학년 초에 할아버지가 세상을 뜨실 때 생전 처음 영원한 이별에 대한 아픔을 느꼈고 그때 갑자기 관절염이 악화됐다. 그해 여름 결국 휴학을 하게 됐고 그것이 학교와의 마지막이 됐다.

선생님과 급우들이 보낸 성금으로 약을 사서 투약한 것이 효과가 있어 차츰 고통을 덜 수 있었으나 곧 폐결핵까지 않는 불운을 맞았다. 감수성이 무척 예민한 시기였으나 아픈 나보다 더 아파하는 어머니 때문에 병마를 이겨내겠다는 의지로 버텨나갔다. 그때 병상에서 헤밍웨이의 『노인과 바다』를 읽고 『오 헨리의 단편선』과 릴케의 『아름다운 인생론』, 루소의 『참회록』, 모윤숙의 『렌의 애가』를 읽을 수 있었다. 나의 문학적 소양은 아마 그때 처절한 투병생활과 더불어 커갔던 것 같다.

자주 찾아주던 친구들 때문에 외로움을 덜 수 있었다. 동창회 야외 모임을 준비하기 위해 김초밥을 준비하며 밤을 새던 일과 눈 오는 크리스마스이브에 촛불을 밝히고 가곡과 캐럴을 부르며 스무 살의 문턱을 넘던 기억은 두고두고 아름다운 추억이었다.

나의 소녀 시절, 선생님이 되겠다던 꿈은 실현하지 못했지만, 너무 많은 이들의 사랑을 먹고 자랐고, 티 없는 우정들이 40년 가까이 이어지고 있으니 내 마음은 그저 고마움으로 가득하다.

부모님이 가난 때문에 떠난 고향 동네로 시집을 와서 가까운 동산에 아버지, 어머니를 모셔두고 보니 요즘도 그분들의 사랑에 젖어 지내고 있다.

어떤 인생

 육촌 오빠 댁인 그 형님은 일생 원과 한으로 살았다. 얼굴은 항상 웃었지만, 그 웃음 뒤에 숨겨진 알 수 없는 그늘을 어릴 때부터 읽었다. 형님이 시집오던 날 엄마 손을 잡고 새댁 방에 들어갔을 때 초록 저고리에 다홍치마를 입고 쪽 진 머리가 그렇게 예뻐 보일 수가 없었다.

 마을에서는 드문 미모라고 온 마을이 떠들썩했다. 고개 숙인 새댁 얼굴을 보려고 새댁 얼굴 밑에서 바짝 얼굴을 들이밀었을 때 눈이 마주치자 생긋 웃어 주었다. 나는 엄마에게 큰 소리로 말했다.

 "엄마, 색시가 웃었어."

온 방 안에 있던 사람들이 큰 소리로 웃었고 새댁 얼굴은 홍당무가 되어서 어쩔 줄 몰랐다. 육촌 오빠는 초등학교 선생님이셨다. 시부모, 시누이, 시동생, 바깥 일손 돕는 이, 아홉이나 열 식구의 뒷바라지하면서 첫딸 낳아 기르고 엄한 남편과 시부모님께 잘했고 시동생 둘 출가한 시누이 외에 두 시누이 출가 시중까지 말썽 없이 잘 치러냈다.

오빠는 화장품 냄새를 싫어하셔서 새댁 시절에도 화장 한 번 못 하고 지내야 했다. 집안 대소간 화목했고 무슨 일이나 몸 사리지 않고 시원시원하게 해냈다. 그러면서도 그 웃음 뒤에 깔린 우수는 형님의 남다른 매력 같아 보이기도 했었다.

오빠가 근무하던 학교 앞 주막의 주모와 염문설에 휘말려 스스로 학교를 그만두고 서툰 농사일을 시작하고부터 그늘진 우수가 구체적으로 표면에 나타난 듯싶었다. 술을 좋아하시는 시아버님과 그저 태평한 시어머님 사이에서 권위 세우던 오빠의 시중이 쉽지 않았으리라.

아들 둘, 딸 둘 사 남매 키워내 시어른들의 임종 수발 다 해내고 어느 때부터 시작된 오빠의 술타령을 지켜보는 안타까움이 시작되었다. 오빠는 결국 술병으로 가볍지 않은 빚과 삼남매를 출가시키지 못한 채 생을 마치고 그때 처음으로 가슴속으로부터 터져 나오는 울음을 꺼이꺼이 토해냈다.

그 후로 형님은 표가 나게 늙어가기 시작했다. 이것저것 궂은일로 가사를 이끌어 가다가 관절염과 당뇨와 심장질환까지 겹쳐 고생한다는 소식이 간간이 들리더니 마침내 예순이라는 나이에 한 많은 생을 마쳤다.

첫눈이 내리던 날 형님은 황토 이불로 갈아입고 조마조마 애태우던 오빠 곁에 나란히 누웠다.

참고 순종하고 희생하고 한 번도 자기 몫을 주장해 본 적이 없는 전형적인 한국의 아내!

그의 인생은 그렇게 끝났다. 마음속에 아직도 고운 '새언니'로 남아 있는 내가 좋아했던 형님의 명복을 빈다.

개또랑
이야기

필자가 태어난 곳이기도 하고 지금 살고 있는 달성군 하빈면 봉촌동에는 마을과 들을 잇는 속칭 개또랑이라 불리는(하빈천의 하류) 개울이 있다.

지금은 봉촌교가 이곳을 잇고 있지만 다리가 놓이기 전에는 작은 나룻배가 그림처럼 떠다녔다. 가뭄이 든다 싶으면 발목물에 발 담그며 건너다녔고 장마가 지면 순식간에 불어나는 흙탕물이 무섭게 흐르던 개울이다.

6~7년 전만해도 마을 아낙들이 빨랫감을 들고, 이고 나와 오전 10시경이면 빨래터가 아주 붐볐다. 그러나 축산, 양돈, 양계 농가들이 불어나면서 꿈 서린 개또랑

이 병들기 시작했다. 소, 돼지, 닭 사육장에서 하수가 그대로 흘러들기 시작하면서 유난히 많던 참조개(민물재첩)가 자취를 감추었다. 여름 낮 개울 옆 밭에서 일하다가 더위를 식힐 겸 물에 발을 담그면 말조개들이 물속 모래 틈에서 혀를 내밀고 유혹한다. 재미로 줍다 보면 한 끼 국거리는 잠깐 동안에 마련되기도 했다. 모래알이 훤히 비치던 맑은 물도 띄엄띄엄 들어서기 시작한 공장들이 가세해 이제는 검은색으로 변해 간다.

강창교를 지날 때마다 금호강 물빛을 보면서 느끼던 안타까움이 더해 가지만 손을 쓸 수가 없다. 빨래터도 없어지고 여름이면 자연 수영장으로 와자하던 학동들의 모습도 사라졌다. 간혹 낚시꾼이나 투망꾼들이 물고기가 많다는 소문을 듣고 비 한번 지나고 나면 몇몇 사람들이 오기도 한다. 아마 곧 그 손님들도 그치고 말 것이다. 물고기도 살 수 없을 정도로 물이 더욱 탁해지고 있으니까.

내가 아주 어릴 적에는 가뭄으로 마을 우물물이 달려서 개또랑 한쪽에 모래 구덩이를 파고 거기 고이는 물을 길어다 그대로 먹기도 했다. 그만큼 맑던 물이 저렇게 죽어가고 있고 그 물이 낙동강으로 흘러들고 있다. 수돗물 정화과정을 보면서 그 엄청난 노고와 비용에 안타까움을 금할 수 없었다. 모두 우리가 훼손시킨 자연 때문에 우리가 받는 보상이다. 이것은 내가 겪는 우리 마을만의 일은 아닐 것이다.

 자연을 살리고 지키는 일이 구호만으로 그쳐서는 안 된다. 폐수는 충분히 정화하여 정해진 하수도로 흘러보내고 자연수는 될수록 그대로 보존하도록 노력해야 할 것이다. 미루다 보면 더 많은 노력과 더 많은 경비가 들어도 되살릴 수 없는 것이 자연이기 때문이다. 최상의 방법이 없을까?

주님께서
찾는 시기

세월이 할퀴고 간

非情의 둥주리에

단비 스며들어

파란 움이 트려는가

무언지 알 수 없으되

스멀거리는 기척

닫혔던 창문 열고

팔이라도 뻗고 싶고

지나는 사람 불러

애기라도 나누고 싶은

공연한 客氣는 아닐까

밝아 뵈는 山과 들 하며

누구 없습니까?

나를 확인해 줄 사람

도무지 믿기지 않는

이 설레는 마음을

신이여! 그대는 아는가

내가 '참 나' 인가를….

ㅡ「일요일 그대 앞에서」

  이 시조는 1976년 8월 1일 남편과 나란히 영세를 받
고 새 사람이 된 것을 느낄 즈음의 내 고백시다.
  잘못을 하고도 뉘우칠 줄 몰랐고 사소한 일로 사람
을 미워하고도 그것이 당연한 것으로만 알았던, 겉으
로는 평범하면서 양심의 소리에 귀 기울이지 않고 살
아왔다는 것을 영세 후 성당에 다니면서 차츰 깨우쳐

지던 것을 요즈음에사 느낀다.

내가 편하면 남도 편한 듯 주말을 이용하던 모든 외출이 평일로 바뀌고 평일의 미사는 참석지 못해도 주일 의무는 꼭 지키려고 애를 쓴다. 어쩌다 주일을 거르게 되면 그 아픔이 여간 아님을 느낀다.

가톨릭에 대한 내 첫 관심은 20여 년 전이었다. 내가 살던 대구 원대동에서는 비산 성당의 종소리가 무척 맑게 전해져 왔다. 아침저녁 그 종소리는 수시로 내 귓가를 맴돌았고 어쩌다 붉은 벽돌의 성당 앞을 지나게 되면 멀리서 발을 멈추고 한참씩 바라보곤 했었다. 가까이할 수 없는 위엄이 느껴졌고 막연한 동경의 대상이기도 했었다.

여학교 때 같은 반 친구 S는 점심시간이면 혼자 묵주를 굴리고 있었다. 그 당시로써는 굴린다고밖에 볼 수 없었다. 그 표정이 어찌나 엄숙해 보이던지 그 애의 책상 옆을 지나다니기가 조심스러울 정도였다.

사춘기와 20대 초반을 나는 투병으로 지냈다. 친구도 없었고 외출도 삼가면서 닥치는 대로 책이나 읽었다.

외로움을 씹고 삭이면서 완전히 내가 만든 울안에

나를 가두고 살았다. 그러면서 열심히 쓰고 찢고 쓰고 찢고 하면서 이곳저곳 문예란의 창을 두들겼다.

　그 당시 K가 귀국하고 2년 후 우리는 결혼을 했다.

　결혼 후 몇 곳으로 이사를 다니다가 동해안 어느 솔 마을에 살았었다. 그때 남편의 동료 부인이었던 선희 엄마랑 퍽 친밀히 지냈었다.

　그때 마침 선희 아빠의 신변에 생긴 어려움을 선희 엄마는 깊은 신앙의 힘으로 슬기롭게 고비를 넘기고 있었다. 일요일이면 3km나 걸어가서 버스를 타고 20여 분이 걸려야 가던 성당을 그렇게도 지성으로 다니는 것을 유심히 보아왔고 그것이 지금의 내게 매우 값진 추억이 되었다.

　그들과 헤어져 몇 년 동안 우리는 종교를 까맣게 잊고 지냈다. 그런데 76년 봄 강원도 철원에 살게 되면서 남편은 우연히 정말 우연히 전통적인 가톨릭 가정에서 자랐고 신앙이 완전 생활화된 상사를 모시게 되고부터 남편에게 신앙의 눈이 뜨인 것이다.

　먼저 남편이 두어 달 나가더니 함께 가자고 했다. 그동안 남편의 일요 나들이를 관심 있게 지켜봐 왔기에 나도 흔쾌히 나갔다. 그렇게 우리 부부는 다시 태어났다.

남편의 상사 내외가 우리 부부의 대부 대모가 되셨고 신앙의 깊은 맛을 채 모르는 채 우리는 영세를 받은 것이다. 영세를 주신 분은 이수일 군종 신부님이셨다. 기뻤다. 왠지는 모르되 사는 게 즐거웠고 모든 게 새롭게 보였고 보람과 의욕이 함께 솟았다. 일요일이 기다려졌고 일요일이면 우리는 즐거운 맘으로 주님 앞에 나아갔다.

김화본당 신부님으로부터 묵주 기도법을 배우고 그냥 열심히 기도를 했지만 미비한 교리 지식 때문에 본당 신부님 앞에서만은 자꾸 위축되던 기억을 지울 수 없다. 그러나 신부님은 모든 면에서 수시로 모르는 것을 일깨워 주셨고 2년 후 우리 부부가 견진성사를 받을 때 비로소 미사의 진수를 깨닫게 해주셨다.

그이가 성당을 나가기 시작한 지 꼭 열 달이 되어서 우리는 딸을 얻었다. 주님의 첫 선물치고는 너무나 큰 선물이었다. 우리는 정성껏 엘리사벳을 키웠다. 나는 주님에게서 무한한 가능을 배웠다. 그리고 크건

작건 마음속으로 내가 요구하고 바라는 것은 어떤 형태로든 다 이루어 주셨다고 믿는다.

그동안 좀 고통스러웠던 것은 남편이 몇 달간의 병원 생활을 했던 일이었다. 그러나 예수님이 걸으셨던 고난의 길에 비하면 너무나 가벼운 보속이라고 생각하고 있다.

이십여 년 전부터 가느다랗게 이어져 오던 가톨릭에 대한 관심이 이제 튼튼한 줄로 굵어졌고 이제 주님의 울안에서 내가 느끼는 것은 관심만으로는 주님의 자녀가 될 수 없다는 것이다. 주님이 필요할 때 반드시 불러주시는 그 시기가 있다는 것이다.

그 시기!

우리는 주님을 갈망하는 외 교인들의 그 시기를 잘 찾아서 길손 역할을 잘해야겠다고 생각한다.

이제 남편은 그가 맡은 군인의 길을 보람을 가지고 잘 지켜가고 있고 나는 또 등단 당시의 풋병아리 티를 조금씩 벗어나면서 내가 가는 문학 분야인 시조의 진수를 조금씩 깨달아 가고 있고 딸 엘리사벳은 건강하고 총명하게 잘 자란다.

우리가 할 일은 행동으로서 이웃에게 신앙의 눈을 뜨게 해주는 것이다. 아직은 많이 미숙한 우리의 신앙생활이 언젠가는 많은 관심을 받게 될 것이고 그 관심들을 우리는 놓치지 않을 것이라고 믿는다.

천주께 감사!

베푸는
마음

　어느 일요일, 한 낯선 청년이 남편을 찾아왔다. 그 청년은 딱한 사정이 있는 모양이었고, 남편으로 하여금 작은 베풂을 갖게 했다. 평소에도 남편의 성격을 알고 있었지만 그런 고마운 일면을 다시 발견한 것 같아 미더운 생각이 들었다. 베푸는 마음은 아름답다는 생각도 들었다.
　남편의 근무 지역에는 의원을 운영하고 있는 의사 한 분이 있다. 평소 남이 알게 모르게 지역을 위해 많이 애쓰시는 분으로 알고 있다. 딸아이가 아파서 그분의 신세를 졌다. 그런데 딸아이가 다 나아도 치료비를 받지 않는 것이었다. 치료비를 굳이 나중에 받겠다고 했다.

그 뒤로도 남편이 편도선염으로, 내가 심한 감기몸살로 그분의 진료 혜택을 입고도 아직 치료비를 드리지 못했다. 우리에게 의료보험카드가 있으니 큰 부담 없이 드릴 수 있다고 해도 그분의 말씀이 "안 받는 게 아닙니다. 그 양반(남편)과 계산하지요." 하는 것이다.

그분 나름대로 우리 가족의 건강을 돌봐주시는 것으로 해석하게 되었다. 고맙고 송구한 일이었다. 우리 가족이 이런 도움을 받아서가 아니라 그분의 성품이 의사의 참 본분인 인술仁術을 베푸는 의사로 소문나 있었고 내가 보기에도 그렇게 느껴졌기 때문이었다. 악덕 의사들이 사회에 물의를 일으킨 얘기가 심심찮게 보고되던 때가 있었기에 예사로운 일 같지 않았다.

남을 위해 마음을 쓰는 일도 아름답게 보이는데 자기가 가진 기술과 능력을 남을 위해 쓸 수 있다는 넉넉함! 가진 자는 누구나 베풀 것 같지만 가지게 되면 그리 쉬이 되지 않는 것이 사람의 마음이기에 너무나 담담하고 오히려 겸손한 그분 앞에서 남에게 피해를 주기 싫어하는 내 성미로 기어이 "받으십시오."를 되풀이할 수도 없었다.

언젠가 이 고장을 떠날 때 그분께 우리의 정표를 드리고 가야겠다고 마음 굳히면서 평소 나는 이웃을 어떻게 대했던가 반성해 보기도 했다.

　명절이나 연말이 가까워져 오면 다투듯 베푸는 마음이 사시사철 어려운 이웃들을 보살피는 사회로 되었으면 하는 바람이다. 끔찍한 기사들로 큰 활자를 차지하는 신문의 사회면이 미담들로 가득 채워졌으면 한다. 그중에도 작은 미담들은 아예 생활화되어 이웃과 이웃이 서로 마음과 울타리를 트고 살고 대문을 잠그지 않아도 편히 잠 잘 수 있는 세상이 되었으면 하고 바라본다.

아침은
어떻게
오는가

가정에서
어머니의 역할

어머니! 그 존재만으로 우선 가정이라는 울타리는 실해 보인다.

어머니! 그 한 단어만으로 가족들의 가슴은 따뜻하고, 안심하게 된다.

나의 경우 학교에서 돌아온 아이의 입에서 제일 먼저 나오는 말이 '엄마'다. 어쩔 수 없어 학교에서 돌아오는 아이의 부름에 있어 주지 못할 때 가장 큰 죄책감을 느끼게 된다. 나보다 먼저 돌아온 아이는 방문 열고 가방과 신발주머니를 문턱에 걸쳐놓고 어딘가로 가고 없다.

대개는 쪽지로 엄마의 행방을 알리고 해야 할 일을 적

어 두지만 그대로 잘 지켜지지 않는다.

  문 앞에 던져진 서운함과 피로가 가득 묻은 가방을 보노라면 가슴이 아프다. 가방을 제자리에 갖다 놓으면서 흩어진 책상을 챙겨주면서 아이들의 마음속에 자리하려 애쓴다. 그러나 엄마가 이해해 주기를 바라는 만치 아이들의 생각은 넓고 크지를 못해서 엄마의 가슴을 채워주지 못한다. 아직 너무 어린 탓일까?

  사랑하는 마음이 아무리 넓고 크다고 해도 아이들에게는 아직 접촉이 필요하고 느낌이 닿을 수 있는 표현이 필요해 보인다. 엄마의 마음이 되기까지 아이들은 엄마 나이쯤 되어서야 깨닫게 될까? 내가 어릴 때 나의 어머니는 늘 집에만 계셨기 때문에 어머니의 사랑에 배고파 본 기억이 없었다.

  유독 병약했던 나는 어머니의 사랑은 물론 가족들의 관심을 항상 받고 보호 속에 있었기 때문에 내게 돌아오지 않는 것 같은 사랑 때문에 불안하거나 초조해 본 적이 없었다. 따라서 어머니의 잔소리를 들어 본 기억이 없다. 그런데 나는 내 아이들에게 좀 심한 잔소리를 하는 편이다. 지극히 일상적인 것들이지만 아이들은 아직 스스로 그 자질구레한 일들을 해결하지 못한다.

　'흩어진 물건은 제자리에 가지런히 놓아라, 행동은 분명하고 바르게 해라, 일찍 자고 일찍 일어나거라, 신발은 가지런하게 벗어라.'

　등등이다. 내가 왜 이런 엄마가 되었을까? 나는 그것을 나름대로 어머니의 빈자리 때문이라고 해석해 본다. 아직은 어머니가 절실히 필요한 때에 그 자리가 비어 있으면 조금씩 불안하고 허전해서 맘대로 생각의 가지가 뻗고 행동이 나타나는 것이 아닐까?

　생각이 이에 미치자 어머니의 역할이 얼마나 중요한가를 새삼 느끼고 직장 생활 하는 어머니들은 반드시 어머니의 자리에 그 대역을 세우는 것이 좋을 듯싶어진다. 할머니나 또 일손을 돕는 사람이라도 아주 빈자리보다는 훨씬 낫다는 생각이 드는 것이다. 제 스스로 자신의 시간을 풀어서 쓸 수 있을 때까지는 꼭 엄마의 손길이나 눈길이 없어도 아무렇지 않게 생각하고 행동할 때까지는 어머니의 자리는 빈자리로 두지 말았으면 좋겠다는 생각이 든다.

　어릴 때 갖는 불안과 초조는 성격에 무리를 가져오고

그것이 성인이 되어서도 화평한 사회인이 될 수 없다면 얼마나 큰 손실일까?

보통의 어머니는 아이들에게 완전 영양소일 것이다. 보통 이상의 어머니는 아이들의 성격을 비만으로 고민케 할 것이고 보통 이하의 어머니는 정신적으로 병약한 아이들을 만들 것이다.

100점짜리 엄마 밑에서 자란 나는 내 아이들에게 보통 엄마의 대우도 못 받고 있는 것 같아서 안타깝다. 내 아이들에게 정신의 영양 공급을 위해 나는 애쓰고 있지만, 아이들은 늘 서운함으로 엄마의 가슴을 적셔주고 있다. 어머니의 자리가 오늘따라 정말 크고 넓게 느껴져 주위가 허전해진다.

애들아!
어디서 뭘 하니?

'애들아! 어디 있니? 어디서 뭘 하니?'

응답 없는 숨바꼭질이 일곱 달이 넘고 있다. 술래는 많은데 어디에 꼭꼭 숨었기에 찾을 수가 없는 것일까?

실종 한 달 만에 TV 여론광장에서 한 시간여를 다원방송으로 전국을 술렁이게 했던 대구 성서국교 다섯 어린이. 겨울 숲이 채 깨어나기도 전인 지난 3월 개구리를 잡으러 간다면서 집 근처 와룡산으로 갔다가 돌아오지 않고 있다.

생업을 제쳐두고 아이들을 찾아 나선 부모들은 사람이 모이는 곳이면 전국 어디에나 찾아가서 하소연하고 전단을 돌리고 실오라기 같은 소식이라도 붙잡고자 애쓰지만 몇 번 걸려온 전화는 장난 전화이거나 잘못 걸려온 전화이고 거짓 전화였음이 밝혀졌다.

필자에게도 국민학교 3학년짜리 아들아이가 있지만 호기심 많고 모험심 강한 요즈음의 아이들, 각종 정보매체의 발달로 유독 감수성이 빠른 아이들은 어른들이 미처 생각하지 못한 곳까지 상상의 나래를 펼치고 그것을 현실과 연결시키려고 한다.

어른이 되어 한참을 현장에서 헤맨 다음에야 꿈과 현실이 같지 않음을 깨닫게 되는데 자라는 아이들에게 어떻게 이것을 설명으로 이해시킬 수 있을까? 스스로 알고 깨닫기까지 지켜보고 잘못될 때 바로잡아주고 고쳐주는 일도 어른이 곁에 있을 때 가능한 일이다.

학교는 학교대로 경찰은 경찰대로 각 민간단체, 사회단체와 공무원들까지 나름대로 손을 뻗고 있지만 종무소식이다. 믿느니 요즈음 아이들은 똑똑하니까 전국 어디서나 가능한 공중전화를 이용할 줄은 알 텐데 어디서 손발이 부자유할 정도로 갇혀 있거나 아니할 말로 소식을 전할 수 없을 정도로 심한 일을 당하지 않았으면 반

드시 돌아올 것이다.

우리가 모르는 일! 오직 한 분인 당신은 아시겠지요? 어떤 방법 어떤 모습으로 아이들의 행방을 알려 주실 수는 없습니까? 얼음살 같던 공산국가들을 회개시키듯 아이들을 보호하고 있는 사람이나 집단을 움직여 그 아이들이 부모의 가슴으로 돌아오게 해 주소서. 추운 겨울이 오기 전에….

우철원, 조호연, 김영규, 박찬인, 김종식이는 내 아들의 친구이지만 우리 모두의 아이들이다.

'얘들아! 어디 있니? 어디서 뭘 하니? 이제 그만 나오렴. 야단치지 않을게. 팔 벌리고 있을게.'

강아지의
죽음

주인집 메리가 예쁜 강아지 여섯 마리를 낳았는데 젖
뗄 무렵에 두 마리를 샀다. 그런데 어미가 한집에 있어
서 그런지 좀체 따로 마련한 집에 있으려 하지 않는 것
이었다. 그래서 그이의 근무지인 해안 초소에 보내기로
했다. 어미를 잊을만해서 데려오도록 하고 이튿날 그이
가 출근하자마자 곧 전화가 걸려왔다.

"재롱이가 쥐약을 먹고 죽었어."

"네에? 뭐라구요? 그럴 수가 있어요? 이틀도 못 돼
서…. 누가 그랬죠? 물어내라 그래요!"

안타깝고 화가 나서 마구 지껄이고는 전화를 끊어버렸

다. 고 귀여운 모습이 눈에 걸려 며칠을 가슴 아파했다. 그러던 며칠째 아저씨 두 분이 강아지를 또 사러 왔다.

"혼자 있으니 하도 울어서요. 한 마리 더 사다 동무를 해줘야겠어요."

또 한 마리를 보냈다. 그런 며칠 후 아저씨 한 분이 강아지 값이라며 돈 천 원을 보내왔다. 자기네들이 잘 보살피지 못해서 죽었으니 강아지 값을 자기들이 물은 것이라면서. 천 원을 받아들고 나는 생각에 잠겼다. 길러 달라고 맡긴 것은 나인데 쥐약을 먹고 죽은 강아지 값을 물어줘야 하는 입장이 될 때 나라면 마음이 어땠을까? 조금쯤 억울하고 원망스러웠겠지. 그날 강아지 값을 주인한테 건네주면서 나는 속으로 각오를 굳혔다. 그이가 이 임지를 떠날 때 선물로 우리 강아지를 그 아저씨에게 남겨두고 가도록 해야겠다고.

외출에서

  가을볕이 두터운 날 한가한 틈을 타서 어느 미용실로 들어섰다. 이사 온 지 얼마 되지 않아 생소한 곳이었다. 기다리는 손님이 없음을 다행으로 여기며 모처럼 머리 손질이나 해야겠다고 의자에 앉았다. 주인인 듯한 여인은 가벼운 웃음으로 반기며 방안에서 아기를 어르고 있었다. 청소를 하고 있던 보조 미용사인 듯한 보기에 말괄량이 같은 아가씨가 남진인가의 노래를 흉내 내며 멋진 포즈를 취해 가며 내 등 뒤로 다가선다.

  "고대 하실라고 예?"

  무척 상냥스럽다.

"아뇨, 좀 자르고 파마로 해줘요."

"얼마짜리로 예?"

"제일 싼 거로…."

"좀 더 좋은 거로 하시지예, 칠 백 원짜리로 예."

"잘 나오니까 그냥 싼 거로 하겠어요."

아가씨는 머리를 자르기 시작했다. 주인으로부터 더 좋은 거로 하라고 강요(?)받다가 끝내 고집부리자 조용해졌다.

'혹시 이 아가씨가 머릴 망쳐 놓치나 않나.' 하는 염려가 됐으나 믿어보자는 배짱으로 거울 앞에 흩어져 있는 주간지를 펼쳐 들었다.

잠시 후 얼굴이 곱게 생긴 삼십 대의 여인이 마사지를 해달라면서 들어섰다. 그때까지 아기만 안고 꼼짝 않던 주인은 아기를 소파에 앉히고 분주히 마사지 준비를 서둔다. 그 싹싹한 태도로 보아 단골손님임에 틀림없었다. 내 머리를 맡고 있는 아가씨에게 사과랑 계란을 사 오라는 심부름을 시키고도 내게 한마디의 양해도 없었다. 묵묵히 기다렸다. 그 눈치로 무언가 내게서 섭섭함을 느낀 게 분명했다. 나는 거울을 통해 마사지 손님에게 베푸는 그녀의 친절을 주시했다. 콜드 마사지 후 사과즙을 바르고 그 뒤 계란 마사지를 약 20~30분간 했다. 얼마냐니까 300원이란다. 중심지가 아니라서 많이 받을 수 없다는 주석을 단다.

잠시 후 초등학교 2학년 정도의 꼬마가 미장원 입구에서 서성대는 걸 봤다. 마사지하는 엄마를 보자 들어와서는 학교에 가져갈 돈을 요구하는 것 같았다. 여인은 꼬치꼬치 캐묻더니 동전 몇 닢을 달갑잖게 쥐여준다. 그 모습은 미장원을 나갈 때 미용사에게 마사지료를 건네주던 상냥함과는 천양지차가 났다. 주인의 인사도 극진했음은 물론이다.

아들의 교육보다는 자신의 미에 더 큰 비중을 두는 인상이었다. 내 머리가 거의 끝날 무렵 해서 또 한 사람의 손님이 들어왔다. 아직 파마기가 밉지 않는 머리에 고대를 하고 손톱 정리를 한 후 매니큐어를 바르고는 미련도 없이 오백 원권 지폐가 주인의 가운 주머니 속으로 들어갔다. 혼자 셈해 보는 요금은 불과 300~400원인데…. 주인의 얼굴이 환해지면서 문 앞까지 나가면서 뒷머리를 다시 한번 손봐 주는 비굴할 정도의 친절….

나는 속으로 쓴웃음을 지었다. 그런 고급 손님들의 법석에 밀리면서 내 머리는 거의 세 시간에 걸쳐서야 끝이 났다.

　내가 지루한 것에는 한마디의 말도 없고 미용사를 꾸물댄다고 나무라고 미용사는 미용사대로 연신 불평이 많았다. 나는 귀머거린 양 벙어린 양 묵묵했다. 팁을 줄 수 없더라도 좀 싹싹한 손님이 되어 주지 못한 내가 나빴을까? 그러나 나는 그 고급 손님들 때문에 공연히 우울했다. 우리의 주변에 이런 일이 얼마나 많은가?

일제
뜨개바늘

　나는 얼마 전부터 어떤 부인이 날라다 줘서 일본으로 수출한다는 '스웨터'의 단추 구멍 겸 깃을 마무리하는 일을 조금씩 해왔다.

　결혼한 지 3년 되도록 아직 애기가 없는 나는 아침 일찍 남편이 출근한 뒤 소꿉 같은 살림을 그날 정리한 후엔 마냥 온종일의 시간이 네게 부여되기 때문에 처음엔 저 일선 지방에 있을 때 밀려드는 손님과 이웃들의 방문으로 하루를 그냥 글 한 줄 읽을 새 없이 잡담과 생활 넋두리로 보낸 것에 비하면 요즘의 시간이 즐겁기만 했다.

마침 집주인 댁에도 이제 초등학교에 갓 입학한 딸아이 하나뿐으로 모두들 나간 후면 혼자 집을 지킬 때가 많아 절간 같은 고요는 때로 무섭기까지 해서 벨 소리만 듣고는 얼른 대문을 열어 주지 못할 때도 있었다.

그래서 종일 책을 들고 지내다시피 했다. 그 때문에 만성 결막염인 내 눈은 쉬이 피로했고 머리가 무거워질 때도 있었다. 그래서 휴식을 위한 일을 찾던 중 집주인 아주머니께서 일감을 일러 주신 것이었다. 크게 힘들거나 복잡하고 신경 쓰이는 일은 아니었지만 수출업자로부터의 몇 손이나 건너서 배당되는 일거리인 만큼 보수는 낮은 편이었지만 해 보기로 했었다.

그것도 힘에 겹도록 계속해서 있는 것이 아니므로 생활에 구애받지는 않을뿐더러 책도 읽어 가면서 틈틈이 소일이 되었다. 그러던 중 그 부인의 소개로 뜨개바늘 하나를 구입하게 되었다. 일감이 고르지 않아 바늘의 굵기를 바꿔야 할 때가 있었으나 내겐 골고루 갖고 있지 않았기에 시중에서 30원 한다는 거로 하나 구해다 주겠다기에 그래 달라고 부탁을 했다.

그러던 어느 날 "이거 일젠데 겨우 하나 구했다." 면서 내게 전해 주는 것이었다. 그러려니 싶어 고맙다는 인사를 하고 받아서 그것으로 계속 일을 했다. 얼마의 시일이 지나고 그동안 일한 삯을 전해 주러 왔었다. 몇 푼 안 되는 돈이었지만 내가 노력해 벌었다는 대견함에 좀 흐뭇한 맘이었다.

"이번엔 바늘값을 줘야 해요."

"나도 잊지 않았어요. 자, 30원."

"아니여! 이건 일제라서 250원이라니?"

평소에 느끼지 못했던 그 독특한 사투리가 내 귀를 때렸다.

"아니 뭐요?"

나는 놀랐다. 내가 언제 일제를 구해 달랬던가? 가져다줄 때는 값보다 아주 힘들게 구했다는 것만 강조하던 말이 귀에 남았는데 시중에서 파는 국산 구리나 양은 뜨개바늘값의 여덟 배나 되는 값을 치르고 난 내 마음은 종일 씁쓸했다. 일본 상표의 뚜렷한 표시도 없는 이 가느다란 스텐 뜨개바늘 하나가 이렇게 비싼 것인가를 생각하기에 앞서 나는 그 부인의 유혹(좀 안 된 표현이지만)에 어이없게도 휘말려 버린 나 자신의 무지와 어리

석음에 한없이 우울해졌다.

　나는 때로 시장에서도 이런 일을 종종 당한다. 분명히 같은 물건인데도 이건 고급이고 저건 질이 낮은 것이라고 속이려 든다. 에누리라도 할라치면 요새는 에누리가 없다는 것이다. 모두가 협정가격에다 정찰제를 내세운다. 백화점도 아닌데 말이다. 그렇다고 백화점에 가면 같은 물건인데도 가격에 차이가 난다. 나는 그만 되돌아 나온다. 상인들의 점잖지 못한 입질과 따가운 눈초리를 등에 받으면서…. 슬퍼진다. 거리가 온통 위장과 허식과 거짓투성이로 보인다.

　하찮은 뜨개바늘 하나가 내 마음을 이렇게 우울하게 했을 때, 시장 상인들에게서 이 같은 바보 취급을 받았을 때, 나는 더 나를 미워하게 되고 이런 이웃과 타협할 수 없는 내 성미에 회의를 느낀다. 누굴 믿을까?

　몇 분의 정 있는 얼굴들이 천천히 천천히 내 눈앞을 미소하며 지나간다.

북한의
쌀과 옷감

어쩌다 낙동강 변 마을에 살게 되어 지난여름에는 수
재민의 대열에 끼게 되었다.

억수같이 퍼붓던 비도 '너무 오는구나.' 하고 가벼이
생각했고 TV에 물난리를 겪는 수재민들을 '저런 참 안
됐구나.' 싶은 맘으로 시청하다가 우리 일, 내 일이 되
고 보니 그저 말문이 막힐 뿐이었다.

수해 소식이 전해지자 남편의 고등학교 동창들이 금일
봉을 들고 찾아와 주었고 복구반들이 와서 때맞춰 일손
을 도와주었고 군수님의 위로금이 전달되었고 관계자들
이 수시로 들러 애로점을 듣고 위로를 남기고 갔다.

자연에 의한 재해인데도 어쩐지 남의 도움을 입게 되는 일은 유쾌하고 즐거운 일은 되지 않는 법, 괜히 미안하고 송구하고 감사의 표시를 어떻게 해야 할지 몸 둘 바를 모르게 했다.

그러던 중에 세계가 떠들썩하도록 북쪽에서 수재민 구호품을 보내겠다고 하고, 수송 관계로 얘기가 좀 복잡해지기도 하더니 드디어 우리 마을까지 수해 입은 집마다 그 정도에 따라 쌀이 배급(?)되고 옷감이 전달되었다.

한 나라이면서도 세계의 저쪽만큼이나 멀게 느껴지던 북한의 물건을 접하고 보니 묘한 기분이 들었다.

어느 신문에서 이산가족이 "그 쌀 한 줌만 얻어 밥이나 떡을 빚어 망향제 때 썼으면….." 하고 눈빛을 흐린다더니 이산가족이 아닌 우리의 가슴도 뭉클해지는 뭔가가 있었다. 영문도 모르는 초등학교 2학년인 딸아이는 일기장 속에 "북한의 쌀과 옷감이 이상하게 보인다."고 적었다. "물건은 보내주면서 왜 우리하고 친해지지는 않는지 궁금하다."고 의문을 나타내기도 했다.

다 같은 쌀인데 만져보고 또 보고 하다가 도정한 지 오래인 듯 윤기가 가셔진 북한 쌀로 지은 밥을 먹으면서 여태까지 하던 미운 짓들 다 덮어주고 지금부터라도 따뜻한 피의 교류가 이루어져서 통일을 앞당길 수 있었으면 하는 마음 간절했다.

이것이 동족애라는 것인지. 옷감의 질이 좀 낮으면 어떠며 쌀이 좀 못하면 어떠랴. 주는 마음 받는 마음이 한 덩어리만 된다면.

세계가 다 아는 북한의 경제난과 식량난을 생각하면 이 쌀도 아껴두고 싶고 이 옷감도 장롱 깊이 소중히 간직해 두고 싶었다. 통일의 그 날 이것들을 펼쳐놓고 달려가고 달려오는 환희의 눈물바다에 한 자락 옛 얘기처럼 띄워 보고 싶은 것이다.

딸아이가 성인이 되어 지금 일기장을 보면서 되레 의아해지도록 빠른 시일 내에 남과 북이 하나가 되기를 소망해 본다.

한라산에서 백두산까지 케이블카라도 띄우면 어떨까? 우리 아들딸들은 압록강, 두만강, 대동강을 비롯하여 평양, 청진, 해주를 누빌 수 있게 되고 그쪽의 아이들도 서울, 부산, 대구, 광주를 마음껏 활보할 수 있게 되기를 바란다.

그들이 보내준 쌀과 옷감이 금방이라도 이 모든 바람을 여는 열쇠가 되었으면 얼마나 좋을까? 서로들 만나지 못해 애태우는 이산가족들의 한숨과 눈물이 구호품으로 받은 쌀과 옷감에 자꾸자꾸 진하게 얼비친다.

로봇과
인형

"엄마, 어디 가는데?"

"으응, 대구"

"엄마, 스타 에이스 사준다고 약속했제?"

"그래, 알았어, 친구랑 싸우지 말고 놀아. 응?"

"엄마, 다녀오세요."

나 혼자만 외출복을 입자 자기는 데려가지 않을 것이라는 걸 알아챈 다섯 살배기 아들아이가 언제부터 벼르던 주문을 잊지 않고 한다. 볼일을 끝내고 돌아오는 길에 동네 가게에서 아이가 원하는 것을 찾으니 없었다. 할 수 없이 다른 장난감 로봇을 하나 샀다.

요즈음은 장난감도 질적으로 매우 우수해지긴 했지만 한편 언제부턴가 딸아이에게 사다 줄 푹신하고 감촉 좋은 우리나라 인형을 만나지 못해 섭섭한 마음이 든다.

　지금 열 살인 딸아이는 인형을 무척 좋아한다. 엄마 머리를 손가락으로 빗질하면서 잠이 들곤 하다가 동생을 본 후로는 꼭 인형을 안고 자는 버릇이 생겼다. 딱딱한 플라스틱 서양 인형을 안고 자는 것이 보기 안 됐기에 부드러운 감촉의 우리 인형을 하나 사줘야겠다고 별렀지만 좀처럼 찾기가 어려웠다.

　만화영화가 나오기 무섭게 거기 나오는 주인공 로봇은 몇 가지 형태로 바뀌는 것까지 조립이 가능하도록 잘 만들어져 나오는데 어째서 홍길동, 을지문덕, 김유신, 이순신, 콩쥐팥쥐, 심청, 춘향이 같은 인형은 찾을 수 없을까?

　배추머리 서양 인형이 몇 만원에 거래되는데 그 비용의 반값으로도 아기자기하고 예쁜 우리 인형을 만들 수 있을 텐데….

　엄마의 맘을 읽기라도 하듯이 동생의 로봇 조립을 바라보던 딸아이는 뜨개질로 떠 입힌 서양 인형의 옷을 또 갈아입힐 모양인지 인형 바구니를 끌어당긴다.

전자시대에 사는 우리, 아들아이는 로봇놀이로 대신한다. 그들의 세대가 지나면 또 어떤 놀이가 성행할까? 그래도 딸들에게는 곱고 예쁜 인형이 필요하다는 것을 의심치 않는다.

아침은
어떻게 오는가

아들아이가 여덟 살 때 이런 질문을 해왔다.

"엄마, 아침은 어떻게 오는데?"

"어떻게 오다니?"

"밤에서 아침이 될 때 말이야. 어떻게 밝아지는지 궁금해."

"그래? 뭐랄까 아침은 희뿌연 안개 속에서 온단다. 깜깜한 밤에서 검은색이 차츰 없어지다가 동이 틀 때는 하늘이 무척 곱단다. 언제 일찍 일어나서 한번 직접 보렴."

아이는 설명만으로는 부족한 듯하면서도 늦잠에서 깨

어나지 못해 늘 환히 밝은 날이 되어서야 일어나곤 한
다. 아이를 키우면서 어른들이 갖지 못했던 궁금증에
대해 물어올 때 무척 당황하기도 하지만 아이들의 폭넓
은 상상이 신비롭기도 하다.

아침이 오는 과정을 감동적으로 경험할 수 있었던 것
은 십 년 전쯤이었던 것 같다. 군인이었던 남편을 따라
전방에서 고향으로 이사를 하게 되었을 때 이삿짐센터
에서 도로 사정이 좋은 밤을 이용하자는 의견에 동조하
고 이삿짐과 함께 7시간을 달리게 되었다.

칠흑 같은 밤, 고요와 정적이 무서우리만치 조용한 곳
도 지나고 간간이 스치는 차량의 불빛이 엇갈릴 때 비치
는 물체들은 방향을 분간할 수 없었다. 마을인지 들녘
인지도 분간이 되지 않았다. 운전기사와 남편은 도란도
란 얘기를 나누며 가고 있었지만 아이랑 나는 자면서 깨
면서 흔들리고 있었다.

어디쯤이었을까. 서서히 물체가 형체를 드러내기 시
작했다. 세상이 처음 열리던 그 날도 이랬으랴. 가슴이
마구 설레기 시작했다. 참으로 신비로웠다.

오른쪽으로 강을 끼고 달리고 있었다. 들녘과 강물과

하늘이 맞닿은 곳에서부터 서서히 빛이 일어서고 있었다. 안개 속에서 무엇이 우리를 향해 오는 있는 것 같기도 하고 우리가 그 속으로 가고 있는 느낌이기도 했다. 집도 나무도 그림 같았다. 그러더니 동쪽 하늘이 차츰 붉은빛으로 물들었다.

이윽고 불덩이같이 태양이 번쩍이며 솟아오르고 있었다. 찬란했다. 그 황홀함을 좀체 잊을 수가 없었다. 이상한 일은 아들아이를 얻을 때 그 분위기를 몸으로 느꼈다. 그리고 어느 해 부활절에 젊은 신부님의 강론이 또 그 분위기와 마주치는 것을 느꼈다.

어쩌다가 이따금 새벽 마당에 서게 된다. 드물게나마 그런 아침을 맞이하게 된다. 아들에게 꼭 보여주고 싶은 저 아침! 공해로 하늘과 땅 사이에 두껍게 층이 진 요즈음도 비 온 뒤 맑은 날에는 그런 분위기를 접하게 된다.

사람이 살아가는데도 저런 기회가 몇 번씩은 주어지리라. 밝은 길은 좋게 가고, 먹구름 낀 날을 맞이하면 어둡고 슬픈 길을 가게 되는 것이 아닐까? 도심의 공단 하늘도 이따금은 얼굴 씻은 태양을 맞이할 수 있어 아직은 다행이다.

　더 이상 오염되지 않았으면 하고 바란다. 어느 심령 능력자가 지구에도 맘이 있어서 인간의 행동에 따라 지구가 화도 내고 미소도 짓는다고 했다.

　걸프전쟁, 화산, 지진, 질병, 굶주림은 바로 지구가 인간에게 화를 내고 있음이라고 했다. 더 이상 지구가 화내지 않게 하려면 우리 본래의 모습을 찾아서 착하게 사는 방법뿐이라 한다. 나를 위해서 전체를 해치는 일은 삼가고 작은 이익을 위해 큰 손실을 가져오는 일을 우리는 너무 쉽게 아무렇지 않게 하고 있지는 않은지 생각해 볼 일이다.

　그 모든 옳고 바른 것을 위해 참 신앙의 눈뜸도 어두운 밤에서 밝은 아침이 오듯 내면에서 깨어남이 있어야 하지 않을까.

　참으로 어렵고 힘든 일이다.

남편 흉
남편 자랑

여자 나이 사십이 넘고 보니 이제 여자다움의 수줍음
은 날마다 줄고 조금은 대담하다고 할 만큼 펑퍼짐한 구
석이 눈에 보이기 시작한다.

초등학교 동창 사이인 일곱 명의 중년 여인들이 모여
서 하룻밤을 함께 지낸 일이 있었다. 대학생 엄마, 입시
생 엄마, 아직도 중학생·초등학생을 둔 엄마까지 다양
하다. 자연 우리 자신들 얘기보다는 아이들 얘기로부터
남편 얘기까지 꽃을 피웠다. 하나같이 남편 흉 한두 가
지 없는 친구가 없었다.

성질 급한 남편 때문에 늘 코너에 몰리기만 한다는 덕

이, 너무 어질고 느긋한 성격 때문에 혼자만 답답한 남이, 너무 어린애 취급을 해주는 바람에 속상해진다는 순이, 욕심이 너무 없어 형제들 중에서 늘 손해를 본다는 숙이, 위험스런 일에 접하면 아내가 앞장 서 주기를 바란다는 화야, 큰일의 결정권을 아내에게 맡긴다는 분이….

개중의 몇몇은 괜찮은 내 집도 가지고 승용차도 한 대씩 가졌으며, 아이들 문제도 소원해지기 쉬운 부부 사이도 슬기롭게 잘 엮어가고 있다. 얼마나 고마운 일인지….

살다가 겪게 되는 갖가지 어려움과 갈등도 잘 이겨내고 20년 전후의 결혼생활을 잘 해오고 있는 친구들, 서로 사랑하고 이해하고 서로에게 필요한 사람으로 사는 것이 얼마나 큰 은혜인가.

그리움의 이십 대, 사랑의 삼십 대, 믿음의 사십 대를 보내고 나면 오십 대는 서로의 허전한 구석을 메워 주기 위해서, 육십 대는 서로를 자신으로 알고 사는 것이 부부 아닌가 싶다.

열을 올리고 흉이랍시고 보는 그들의 표정이 재미있고

즐겁고 그렇게 신나 보일 수 없었다. 얘기를 뒤집어 새겨 보니 그것은 미움이 아니고 사랑이고, 흉이 아니고 자랑이었다.

자리 털고 일어서는 친구들의 얼굴에는 어느새 알뜰하고 상냥한 모범 주부의 표정이 터져 나왔다.

함부로
할 수 없는 것들

얼마 전 신문에 종사하시는 분의 집 화장실에서 함부로 찢긴 신문을 보고 놀란 일이 있었다. 나의 잘못 쓰인 원고가 휴지통에서 뒹굴다가 어떤 사람의 손에 들어간 것처럼 민망하고 당혹스럽기까지 했다.

개인의 생각인지 모르겠지만 적어도 자기가 종사하는 일과 관련된 물건(?)만은 좀 성의 있게 처리해야 하지 않을까 하는 생각을 평소 갖고 있었기 때문이다.

내 어머님은 겨우 한글을 읽을 줄 아시는 정도의 실력 밖에 갖지 못하셨다. 그러나 어머님의 책 다루시는 정성은 참으로 소중한 교훈을 주셨다.

책은 절대로 펴서 엎어 놓거나 거꾸로 두지 않게 하셨다. 발로 밟거나 타 넘고 다니지도 못하게 하셨음은 물론이고 찢거나 구기는 일은 더욱 말할 것도 없다. 책을 다룰 때는 자세도 흐트러짐이 없이 두 손으로 정성스럽게 다루게 하셨다. 잠잘 때는 귀한 책을 머리맡에 두고 자게 하셨다. 책 속의 지식이 잠잘 때도 전해진다고 믿으셨다.

그리고 아무리 하잘것없는 책이라 해도 책장으로 코를 풀거나 화장실용으로 사용하는 것을 금하셨다.

아들이나 딸의 글씨가 쓰인 종이는 꼭 따로 모았다가 깨끗한 장소에서 불태우셨다. 불길을 지키시면서 당신 아들딸의 재주를 빌어 주셨다.

이런 어머님의 영향 탓인지 우편물의 겉봉까지도 쉽게 버리지 않게 된다. 또 잘못 쓰여진 원고나 하다못해 낙서 조각이라도 다른 휴지와 함께 취급하지 않게 되는 습관이 붙은 것이다. 꼭히 하고자 해서가 아니고 절로 이렇게 되는 손놀림에 스스로 놀라기도 한다.

자랄 때 받은 어머님의 가르침과 어머님의 모든 행동이 그대로 영향을 끼치고 있음에 새삼 아이 앞에서 보다 좋은 엄마의 기억을 심어 주려고 노력하게 되는 것이다.
교육은 시킨다고 되는 것이 아니고 환경과 밀접한 관계
가 있다는 것을 어머님을 통해서 배웠고 그것이 많은 세
월이 지난 지금에서야 하나둘 되살아나는 것이다.

　직장 관계로 혹은 부득이한 사정으로 해서 엄마와 떨어
져 자라는 아이들이 측은하게 느껴질 때가 많다. 두뇌가
열려 있다는 일곱 살까지의 어린이가 엄마와 함께하지
못하는 많은 시간을 불안과 불만으로 지내게 되어 그것
이 인격 형성에 커다란 영향을 끼친다면 국가의 장래를
위해서도 큰 손실이 아니겠는가?

　옛날엔 가난한 집 자녀들이 더 공부를 잘했는데 요즈음
은 부유층의 자녀들이 공부를 더 잘한다고 한다. 그만큼
뒷받침을 잘해 주어 부족함이 없는 가운데 마음껏 지식
의 폭을 넓혀 갈 수 있기 때문이란다. 그럴듯한 얘기다.

　농부가 곡식 낱알을 함부로 버리지 않음은 그만큼 곡식
에 피땀을 쏟았다는 얘기다. 마찬가지로 부모가 아이를
위해 좀 더 많은 애정을 갖고 키웠을 때 관계없는 사람들
에게도 예사로 다루어지지 않음을 우리는 안다.

　함부로 할 수 없는 것들을 우리는 너무 쉽게 다루고 있

지는 않는가? 매일 같은 생활을 하면서도 때로는 처음 시작하듯이 조심스럽게 정성과 새로운 관심으로 도전해 볼 필요가 있을 것 같다.

문득 십여 년을 함께한 남편의 사랑이 어디쯤 머물고 있는지 확인해 보고 싶어진다.

고향을
살리자

 쪽파 넉 단에 천 원, 대파 한 단에 육백 원, 무 일곱 개 천 원, 감자 한 상자에 육천 원, 사과 한 상자에 오천 원, 단감 한 바구니에 천 원….

 어쩌자고 이럴까? 소비자들이 손에 이런 값이면 농민들은 농비는 고사하고 씨 값도 건질 수 없다. 싼값에 사고도 마음이 아파서 괜히 우울하고 짜증스럽다. 산지에서 고작 일·이백 원 하는 배추 한 포기는 날씨가 조금 쌀쌀해지자 천 팔백 원으로 둔갑을 한다.

 조물주는 씨앗 한 알에 피땀을 보태면 몇 곱절로 늘리도록 해 주셨다. 농촌에서 농민들이 지은 농산물을 도

시인들에게 공급하고 도시인들은 각자 주어진 현장에서 번 돈으로 농어촌 발전을 간접적으로 도우며 함께 사는데, 이렇게 심한 기울기로는 평형 발전은 힘들지 않을까 싶다. 도시인들은 대부분 많거나 적거나 일정한 수입에 맞추어 산다. 그러나 농어민들은 수확에 따라 울고 웃는다.

씨앗에서부터 온갖 정성 다 쏟아 가장 좋은 상품을 만들려고 애쓴다. 간혹 잘 지은 농사 제값 받고 팔기도 하지만 그렇지 못할 때가 더 많다. 오죽하면 농사는 삼년에 한 번만 잘 되어도 현상 유지라는 말이 있을까.

함께 일하던 삼십 대의 나리 엄마는 일 년 전에 대구로 이사 나왔다가 남편이 도시 생활에 적응을 못해서 샀던 집 전세 놓고 귀향했다. 고추 농사로 가을이면 제법 큰 목돈을 쥐곤 하다가 월 몇 십만 원으로 마음에 차지 않아서 되돌아왔지만 이웃들은 걱정을 했다. 농산물 수입 개방에 따른 부담을 안은 채 귀향하는 모습이 참 안 됐다 싶었다.

몇 년 열심히 모아서 다시 나오겠다는 나리 아버지의 꿈이 실현되기를 바라다가도 모두 못 살겠다고 떠나는 고향 든든하게 지키며 자랑스럽게 살아 주었으면 하고 기대해 본다.

고향 살리기 운동, 농산물 사주기 운동은 그저 구호만으로 그치지 말고 힘 모아 고향을 살리자. 고향이 살아 있어야 도시인들의 가슴도 따뜻하고 푸근할 것이다. 고향을 살리자. 될수록 본래의 모습 그대로.

작은
행복들

오후 4~5시 사이 어김없이 아들아이는 엄마 일터로 전화를 걸어온다. 학교에서 돌아왔음을 알리고 엄마의 귀가 시간을 묻는다. 일찍 귀가하지 못해도 늘 아들이 정하는 엄마의 귀가 시간은 8시다. 그것은 아이들의 바람이다.

저녁 시간 "엄마, 오늘 학교에서…."로 시작되는 딸아이의 하루 생활 보고를 듣는 날은 즐겁다. 밥 한 공기 대신 우유나 주스 한 컵으로 아침을 대신하고 집을 나서는 뒷모습이 안쓰러운데 예쁘게 자라주니 고맙고, 앞으로도 잘해 나가리라 믿고 있다. 모든 엄마가 다 그렇듯이 가족들의 몸과 마음이 함께 건강한 것이 가장 큰 바람이고 행복이다. 시장에 가면 자연 남편과 아이들이 좋아하는 것부터 사게 된다. 식구들이 좋아하는 음식을 장만하고 맛을 즐기는 모습을 상상하면 즐겁다.

늘 함께하지 못하는 시어머님은 시골집 마당에 오밀조밀 각종 채소를 심어놓고 가족들이 들르면 이것저것 챙겨서 들려 보내신다. 어떨 땐 애호박·우엉잎·상추·가지·호박잎 등을 손수 들고 오신다. 가져오신 것으로 찌고, 무치고, 끓여서 상에 올리면 맛있게 드신다.

혼자 조석반 드시며 얼마나 외로움을 타실까? 목이 콱 메인다. 양팔에 매달리며 조금만 더 계시다가 가시라는 손자들 응석을 겨우 떼어놓고 가실 때 한마디 하신다.

"몸조심하거라. 사는 일에 너무 걱정 말고…."

일흔 노인의 위를 받고 사는 중년의 며느리는 등줄기에 서늘한 열기를 느끼곤 한다. 이 끈끈한 행복!

너무 큰 꿈을 지녀서 오히려 작아 보이는 남편. 아내의 정원에는 채송화·맨드라미·붓꽃들을 피우고 싶은데 목련과 파초나 전나무 같은 큰 그늘을 지우는 사람. 스스로 그 그늘에 묻혀버린 사람. 그래도 우리 집 버팀목이다.

  일요일 아침 미사 참례하고 오는 날은 행복하다. 매일 매일 감사를 구하는 일은 살아가게 하는 힘이다.

  우리 주변에 흩어진 작은 행복들. 그냥 버리지 말고 그날그날 찾아서 누려야 한다. 행복이 별스러운 곳에 있는 것이 아니라면….

낙엽을
보며

일터로 가는 길의 인도 위에 가로수 잎이 많이 널려 있
다. 낙엽을 보고 밟으며 올해는 유독 가슴이 썰렁해지
는 기분이다. 해마다 이맘때면 겪는 일이면서 올해 더
진한 기분이 드는 것은 왜일까? 나이에 따라 달라지는
어쩌면 지극히 자연스러운 현상인지도 모른다.

어느 점포 앞에서 넥타이를 맨 청년이 낙엽을 쓸어 모
으고 있다. 빗자루를 든 모습이 무척 어색해 보인다. 때
마침 부는 바람에 쓸어 모은 낙엽이 흩어지자 그것을 다
시 쓸어 모으는 모습이 안쓰럽다. 환경미화원이 제일
싫어하는 달이 11월이라고 했지. 정말 그럴 것이다. 쓸

어도 쓸어도 돌아서면 쌓이고 날리니 잎이 다 질 때까지 일반 쓰레기 치우는 몇 곱절의 노력이 들 것 같다. 마지막 잎새가 빨리 지기를 얼마나 간절히 기다릴까. 자기 집 앞, 자기 점포 앞은 그분들의 손을 빌리지 않고 치울 수 있으면 좋을 것 같다.

11월의 끄트머리쯤이면 어느새 홀가분하게 설 겨울나무들. 이른 봄 양지바른 쪽부터 뾰족뾰족 마른가지 사이로 싹을 틔울 때 매서운 잎샘·꽃샘바람 견디며 희망과 인내를 가르쳐 준다.

무성한 여름에는 짙은 푸르름으로 용기를 주고, 찬바람이 불기 시작하면 나름의 색깔로 곱게 물들어서 미련 없이 지는 낙엽들을 보면서 하루를 활활 태우고 곱게 저무는 황혼을 생각하고, 인생 마무리 잘하고 죽음을 준비하는 노년을 생각해 본다.

힘들어도 후회 없는 삶을 살 수 있다면 좋겠는데 우리네 인생살이 돌이켜 보면 모두가 하나같을 수는 없지 않겠는가….

온정이 필요한 외로운 이들이 있는 복지시설 등에는 날이 갈수록 손길이 뜸해지고, 있는 이들의 낙원에는 사치와 향락의 가지가 끝 모르게 뻗어가고 있다니.

12월에 있을 큰 씨름판에서는 적은 돈으로 깨끗한 승부가 가려지기를 기대한다.

거기서의 승자께서는 부디 이 나라 경제, 정책 골고루 잘 펼쳐 다스려 주었으면 하는 바람으로 한 개 가랑잎을 책갈피에 끼우며 지는 낙엽에 아쉬움과 찬사를 보낸다.

아직도
그 목소리
들으며

아직도
그 목소리 들으며

　"…보낸 글 고맙습니다. 오빠 이호우 씨의 지도를 받고 작품 수련을 하신다니 반갑군요. 대구에선 여류 시조 작가가 많이 나는 곳이니 부디 좋게 성공하시기를 빌고 있습니다. 지난 어머니날엔 팔순의 어머님을 뵈려 잠시 대구엘 다녀왔습니다."

　바쁜 걸음이라 못 만나고 가신다고.

　이호우 선생님께 직접 사사 받도록 권해 주셔서 일주일에 한 번씩 이호우 선생님을 뵙고 시조에 관한 얘기도 듣고 작품 지도도 받고 지낸다는 소식을 드렸더니 보내 주신 편지였다. 그러다가 내 건강 문제로 걱정을 했더

니 선생님께서 불러 주신 것이었다. 그렇게 해서 스물
세 살의 나이로 서울 첫나들이를 하게 되었다.

> 서울 첫걸음에 부푼 가슴 열뜨리고
> 행여 낯선가 눈여겨 혜는 山川
> 어디나 나의 조국은
> 마냥 푸른 숨결이네.

> 江山은 이렇게 펼쳐진 樂地인데
> 어찌 마음들은 헐벗어 가난할까
> 풀지도 못할 사연에 잠겨
> 한나절을 달린다

> ─「차창을 열고」

이것을 보시고 독자란에 싣도록 선해 보내셨으나 그
달 치 문예란이 없어졌다고 인쇄된 책장을 뒷날 보내
주셨다.

마포구 하수동 95-10번지에서 1968년 7월 23일부터 여름날 오십 일간을 선생님과 함께 생활하면서 가까이서 선생님을 뵐 수 있었던 것은 내 생애에 큰 보탬을 주었다.

문학에 큰 기대감이 없이 투병 중인 무료함을 메꾸며 투고자로 있던 나를 문단으로 이끌어 주셨고 매사에 함부로 하지 않으시고 보통 사람이 피곤해하리만치 철저한 삶을 사셨던 분이었다. 목말라 하는 이웃을 그냥 보아 넘기시지 않았으며 한자리에서 혹 잘못하거나 실수를 하면 상대방이 민망해하지 않도록 그 자리에서 직접 고쳐주기도 하셨다.

그때 어느 날인가 젊은 시조인들의 모임에 함께 참석한 일이 있었다. 내 기억으로는 김제현, 이근배, 박경용, 윤금초 선배님과 이정강 씨와 또 몇몇 분이 모여 저녁과 술, 음료를 함께 하고 있었다. 시조 얘기, 시조인들 얘기들이 오고 가던 중 무슨 얘기 끝에선가 박경용 선배님이 느닷없이

"만약 정운 선생님이 10년만 젊었더라면 연애 한번 했을낀데…" 하고 선생님 눈치를 슬쩍 보았다. 좌중은 와아 웃고 선생님도 웃으시면서 "저런 못된 것이 있나, 근

배야, 경용이 술 한 잔 따라줘라. 술이 적은 갑다." 나는 무척 당황스러웠다. 지금은 비교적 그런 모임에 익숙해 졌지만 그때만 해도 그런 분위기에 익숙지 못했던 관계로 박경용 선배님이 무척 당돌하고 무례해 보였다. 거기 참석한 선배님들이 선생님을 "엄마, 엄마" 하면서 따르고 있었다는 것을 선생님을 통해서 들었다. 지금 그분들이 우리 시조단의 중견 자리를 든든히 지키고 계신 데 한없이 믿음 생긴다.

그 뒤를 선생님의 제자였던 이우걸, 박영교, 박시교, 김영재, 노중석, 민병도, 임종찬, 제씨들이 제각기 한몫을 하고 있고 여류로서 김남환, 박옥금, 전연욱 등이 또 자기들의 영역을 확보하고 있다. 선생님의 시조 솜씨 못지않게 사람 보시는 안목도 남다르셨다는 것을 느끼게 된다.

선생님은 외출 때 주로 한복을 입으셨는데 여름 모시 한복으로 옥색과 치자색 두 벌을 즐겨 입으셨다. 물론 손수 손질하셨다. 치자는 선생님께서 직접 한 그루를 큰 화분에 키우고 계셨는데 꽃향기가 또 그렇게 좋다고 하셨다. 가을에 열매를 따서 갈무리했다가 여름 한복에 직접 물을 들이신다고 하셨다. 한복을 입고 외출하실 때는 구겨질까 봐 택시도 잘 안 타시고 버스를 이용해도 자리에 잘 앉으시지도 않으셨다. 선생님을 조금이라도 아시는 분은 이렇듯 선생님의 깔끔함에 별로 놀라지 않게 되면서도 조심하지 않을 수 없음에 긴장하게 된다.

선생님께서 1976년 3월 5일 돌아가시기 꼭 두 달 전에 내가 군인이었던 남편 따라 광주에 있을 때 보낸 편지가 마지막 편지가 되었다. 동해안으로, 철원으로, 부산으로, 대전으로, 청주로, 우리가 가는 곳마다 선생님의 편지는 게으르지 않게 자극제도 되어 주셨고, 글 쓰는데 격려를 아끼지 않으셨으며 현대율의 모태 역할도 하셨고, 내 문학의 매니저 역할을 기꺼이 해주셨다. 여류 문학회 가입을 주선해 주셨고 각 문예지, 신문 등에 시조, 수필 등을 싣게 해 주셨으며 남편의 월급으로 어렵게 지내는 줄 아시고 원고료 챙겨서 문학단체 활동 회비로 충당케 도와주셨다.

나는 또 내 나름대로 선생님의 애정에 흠씬 취해서 어머니처럼 스승처럼 모든 일상에서 깊은 자리에 선생님을 모시고 살았고 남편도 가까이서 뵌 적 없었으면서도 선생님께 잘해 드렸다.

한 번은 약술을 담을 진달래꽃을 구하신다는 소식을 듣고 전방의 야산에서 진달래꽃 몇 상자를 따서 보내 드렸더니 장문의 긴 편지를 남편 앞으로 보내왔다.

"참으로 귀한 인정에 보답할 길이 무언가 생각하게 된다…." 하시면서. 선생님은 당신의 결혼 생활 동안 층층시하에서 손끝에 물마를 사이 없이 지내고, 저녁이면 책을 벗하려 해도 남편의 이해가 없어 그 읽고 싶은 책 다 못 읽고 쓰고 싶은 글 다 쓸 수 없었노라 하시면서 아내의 문학을 이해하고 사랑해 주는 나의 남편에 대해 얼마나 고맙게 생각하시며 편지마다 그런 남편에 극진하라고 당부하셨다.

76년 3월 5일 타계 소식은 3월 6일 조간신문에서「고故이영도」라는 유시를 대하고 어리둥절해 있을 때 전보가 도착함으로 사실임을 알게 되었다. 서둘러 서울행 고속버스에 몸을 싣고 가면서도 거짓말 같은 현실에 몸을 떨었다.

선생님의 이름도 선명한 대문에 걸린 조등과 뜰에 늘

어선 조화와 침통한 문인들의 표정은 고이는 눈물 때문에 안개 마을처럼 윤곽을 알 수 없었다. 이미 관 뚜껑을 덮은 뒤라 마지막 모습 뵙지 못했기에 내게는 아직도 선생님의 살아계신 모습을 가슴에 담고 있다. 영결식장에서 유시 낭독을 어떻게 했는지 벽제에서 어떻게 돌아왔는지 십삼 년이 지난 지금도 이야기 속의 이야기 같이만 느껴진다. 선생님께서는 내게 『석류』 시조집 한 권의 육필 원고를 주셨다. 간직했다가 뒷날 내 시조집을 낼 때 참고로 하라시면서…. 그분의 육필 편지 오십여 통과 함께 참으로 귀한 선물을 간직하고 있는 셈이다.

선생님은 또 매우 효성이 지극하셨다. 해마다 음력 3월 3일이면 노모의 생신이라고 하시면서 대구에 들르셔서 어머니를 기쁘게 해드렸었다. 목욕도 시켜드리고 손발도 주물러 드리며 머리 손질도 해주시고 갖은 시중을 들어 드리는 것을 이호우 선생님 댁에서 뵈면서 몇 번 보았다.

선생님의 시조 '어머님께 드리는 글'에서처럼 부처처럼 눈감고 귀 닫고 앉아 있거나 누워 계시는 노모 곁에서 듣든지 말든지 얘기도 해드리고 책도 읽어드리면서

일 년의 며칠씩은 꼭 그렇게 보내셨던 것으로 안다. 그런 효성을 받으시면서도 선생님의 어머님은 박복하셨던지 아드님도 먼저 보내고 따님마저 먼저 보내시고 몇 년을 적적히 지내시다가 세상을 뜨셨다고 들었다.

아직도 대구 대명동 청구주택 60호에는 이호우 선생님의 둘째 아드님이 '한일식당'을 경영하시고 호우 선생님의 미망인이자 이영도 선생님의 올케언니 되시는 분이 시누이를 추억하며 살고 계신다. 선생님은 문학과 사랑과 종교를 버팀목으로 삼고 열심히 그리고 최선을 다해 사셨다.

옆에서 본 선생님의 생활은 경제적으로 크게 여유 있었던 것은 아니었다. 그러나 선생님께서 청마 선생님을 추억하시며 "청마 선생님께서 날더러 '운(芸)아는 어떤 부(富)도 거느릴 것이며 어떤 가난도 꾸려갈 살림 솜씨를 지녔다.'고 하셨다."면서 무척 흡족해하시던 모습이 기억된다. 이런 선생님의 솜씨를 닮아서인지 10주기에 들른 따님 진아 씨의 집에는 선생님이 살아 계시던 그 모습대로의 서재와 그 윤기 도는 난 화분들이 제자리에 있었고 세월을 말해주듯 몰라보게 장성한 손주들이 말 못

할 사정으로 경제적 어려움을 극심하게 겪으면서도 맵
짜고 야무진 솜씨로 잘 견디고 있었다. 부디 진아 씨의
가정에 햇살처럼 환한 행복이 가득하기를 빌면서 선생
님의 저세상 삶을 생각해 본다.

손수 마련하셨던 신부의 드레스같이 고운 수의를 입으
시고 가신 선생님은 분명 사랑하는 분께로 가셨으리라.
거기서도 뜨겁고 절절한 노래를 부르시면서 조용하고
위엄 있는 목소리로 고운 수필을 쓰실 것이다.

아쉽게 사라져가는 우리 것들을 일깨우고 시대 조류에
주관도 없이 무너지는 젊은 세대들을 안타까워하며 진
정 아름다운 것이 무엇인가를 깨닫게 할 생명수 같은 글
을 그 시원스런 달필로 쓰실 것이다. 지금도….

선생님의 저서 중 초기 작품집 『청저집靑苧集』은 갖지
못했지만 오누이 시조집과 『언약言約』(시조집), 『비둘기
내리는 뜨락』, 『머나먼 사념의 길목』, 『나의 그리움은
오직 푸르고 깊은 것』 수필집은 갖고 있다. 그분의 글
을 읽으며 나는 아직도 그분의 목소리를 듣고 있는 것
이다.

순박하던 그 모습
그립습니다

 박옥금 선생님을 처음 뵌 것은 1968년 여름 마포구 하
수동 이영도 선생님 댁에 머물고 있을 때였다. 거의 매일
이다시피 이영도 선생님 댁을 찾아오셨는데 편한 허리치
마와 티셔츠에 슬리퍼를 신고 선생님의 아랫집에서 이웃
나들이 오시듯 들어서면서 "언니!"라고 부르면 이영도
선생님께서는 "오냐, 옥금이가." 하시면서 반기셨다.
 방에 앉자마자 늘 비슷한 넋두리를 늘어놓으면 어떤
날은 "네가 속 태운다고 그 사람이 달라지겠나 그냥 그
러려니 하고 살아라. 세월이 가면 좋은 날이 안 오겠
나." 하시면서 달래고 어떤 날은 몹시 꾸짖어 보내기도

하셨다. "그 사람한테 목메지 말고 시조 공부나 좀 열심히 해봐라." 안타까운 마음으로 부탁도 하셨다.

필자는 대구로 내려오고 이듬해 여원 여류신인상 당선과 1973년 『현대시학』 추천 완료로 등단하게 되었고 박 선생님께서는 『탑』이라는 시조집을 내면서 등단을 하셨다. 그 후 참 열심히 시조도 쓰시고 다른 책도 몇 권 내셨다.

대구 경북의 시조 전문 문학단체인 영남시조문학회(낙강) 회원으로 활동하시면서 연말 모임이 되면 김남환, 이일향, 정위진 선생님을 비롯해 작고하신 김혜배, 김해석, 배위홍 선생님이 오셨고, 모임 끝에는 대구의 회원들과 지금은 활동을 쉬고 계시는 전영순 선생님, 김숙자 선생님이 필자랑 한 숙소에서 하룻밤을 묵은 적이 있었다.

그때 낙강 회장님이셨던 정재익 선생님께서 외지에서 오셔서 주무시는 회원들께 대구의 유명한 따로국밥을 한일식당에서 대접하셨다. 그리고는 차 한잔을 드시고 가까운 팔공산이나 김천 직지사에 들렀다가 가시곤 했던 기억이 난다. 그때의 훈훈한 분위기를 잊을 수 없다.

연령이 높으셔서 박 여사님이라고 부르면 한참 아래 여동생 같은 나에게 극진한 애정으로 대해 주셨다.

박 선생님은 이영도 선생님과는 어린 시절 이웃에 사시면서 친자매처럼 지내셨기 때문에 너무 의지하고 매달렸다고 했다. 이영도 선생님 돌아가시고 그분의 전기를 써서 속 썩여 드린 보답을 해야겠다고 하시더니 『이영도, 그 달빛같은』이라는 제목의 책을 펴냈다.

그 책을 준비 중에 나에게 전화를 걸어와서 그때 하수동에서 이영도 선생님과 함께 지내던 필자가 너무 부럽고 샘이 나기도 했다며 "아마 언니가 나를 많이 미워했을 거야. 부끄러웠다."고 하셨다. 그래서 그 오해를 풀어 줄 편지가 있다며 이영도 선생님이 나에게 보낸 편지와 내가 이영도 선생님을 추억하며 썼던 몇 편의 글을 보내드렸더니 부끄럽게도 이영도 선생님의 전기 중에 필자의 얘기를 한 소제목이나 끼워주셨다. 어느 독자분이 어디서 그 책을 읽고 아는 분들과 나눠 읽겠다고 구해달라고 해서 10여 권을 박 선생님을 통해 구해 준 적이 있다.

한국여성문학인회에서 울산 현대조선을 방문한 뒤(필

자는 참석 못함) 박 선생님께서 그 감동을 시조로 써 보냈고 정주영 회장님의 맘에 들었던지 회장실에 표구해 걸어두었더라고 자랑으로 들려주셨다. 그 인연으로 정주영 회장님께 삼국지를 편지로 풀이해 전한 원고가 한 권의 책으로 엮어지기도 했고 현대와의 사업 인연도 갖게 되었다는 후문도 들었다.

　이영도 선생님은 생전에 박옥금 선생님을 "마음이 여리지만, 머리는 참 비상하다."고 하셨다. 참 열심히 사셨고 자녀들도 잘 커 주어서 효자 효녀로 어머니께 각별했다는 흐뭇한 얘기도 들었다.

　박 선생님은 아마 하시고자 했던 일은 다 하셨던 것으로 안다. 그토록 애태웠던 남편분에게도 마지막 순간에 마음 풀리는 말을 듣게 됐다는 소식을 들었지만 막상 박 선생님의 운명 소식을 한참 뒤에 듣게 되어 작별 인사도 못 했다. 그것이 늘 마음에 걸렸는데 이번에 소박하고 순박했던 모습대로 영원한 안식을 누리시길 진심으로 빌면서 이 글을 두서없이 맺는다.

어제 오늘 내일

내일이 없다고 생각하면 힘이 빠진다. 우리는 늘 기대
감으로 살기 때문이다. 상상으로만 가능하고 또 새로운
일, 다른 미래가 있으리라는 믿음 때문에 오늘 힘을 낸
다. 오늘을 어떻게 살아야 할지, 아침에 눈을 뜨면 주어
지는 하루에 우선 감사한다.

늘 같은 일상 같지만 하루를 사는데 색깔이 다르고 또
기분에 좌우되기도 한다. 열심히 최선을 다해 허투루
살지 않으려 노력하지만, 물질적인 것 말고 소득 없이
하루를 보낼 때가 더러 있다. 잠자리에 들면서 되뇌어
보면 감사할 일도 있지만 그러지 말았어야 할 일도 있

고, 나로 인해 이웃이 혹 상처 받지 않았을까 봐 조금 후회될 때도 있다.

그러나 가만 생각해 보면 서운했던 하루는 내 욕심 때문일 경우가 많다. 손해 보지 않으려고 망설이거나 마음 열지 못한 적도 있었다. 이럴 때 내일이 꼭 필요하다. 오늘 같은 후회를 만들지 않기 위해서다.

어제는 우리에게 많은 교훈을 준다. 잊지 않고 기억하면 아름다운 일, 고마운 일, 보람 있는 일도 있지만 아픔인 일도 있다. 가까운 가족에게 말로 상처 준 일, 말로 상처 받은 일, 좀 더 큰 일들에서는 깊이 생각하지 않고 덜컥 저질러서 후회를 남기는 일도 있다. 똑같은 잘못을 하지 않으려 애쓰지만, 사람이니까 하다보면 또 비슷한 일로 잘못을 만들고 가슴을 치게 한다.

계절도 봄날에는 늘 봄이었으면 싶다. 움트는 새싹과 피는 꽃들이 마냥 좋았고, 춥지도 덥지도 않아서 몸을 움직이기에도 큰 어려움은 없다. 그러나 계절은 잡는다고 머물지 않는다. 아무리 손을 저어도 때가 되면 우리 앞에 와 있다.

인간이 아무리 욕심을 부려도 자연 앞에서는 그냥 무

력할 뿐임을 매번 느낀다. 비도, 바람도, 땅의 흔들림도,
모진 가뭄으로 인해 겪게 되는 산불의 위력 앞에서도 그
저 인간은 나약함을 느낄 뿐이다.

　이런 재앙 앞에서는 순응하더라도 우리가 할 수 있는
일들은 우리가 만들어 가야 할 것 같다. 어제의 잘못, 서
운함, 오늘 바로잡으려 애쓰고 좋게좋게 엮다 보면 아름
다운 내일이 우리를 기다려주지 않을까. 웃을 일이 없
어도 웃으며 살려고 내가 먼저 웃으려고 애쓰는 오늘이
었으면 한다.

　오래 환자를 돌보는 사람들이나, 힘에 부치는 어려운
일, 힘든 일을 하는 사람들도 마음의 방향만 조금 바꾸
면 하는 일이 가치 있고, 보람 있다고 느껴지고 그것으
로 스스로 위로받지 않을까.

　어제는 오늘을 위해, 오늘은 내일을 위해 있다고 믿는
다면 오늘은 '소비하는 오늘'이 아니고 '보람을 쌓는
하루'가 된다.

날마다 주어지는 참 푸짐한 하루에

보석 같이 먼지 같이 시소를 타고 있다

무거운 보석 다듬듯 가벼운 먼지 털 듯

—「하루」

아버지,
우리 아버지

　아버지는 일제강점기 때 제대로 된 교육을 받지 못해 겨우 한글을 해독하시는 정도였다. 그러나 수리에서는 성냥개비를 나열해 계산하는 솜씨가 웬만한 주판 실력을 웃도는 정도였다. 또 여러 가지 다양한 솜씨도 남달라 매듭짓는 솜씨는 장인을 넘보는 수준이었고 집 안 구석구석 엄마가 불편하지 않게 잔손을 많이 봐 주셨다. 일정한 수입이 없어 늘 가난에 시달렸지만, 몸으로 하는 일은 무슨 일이든지 마다 않고 가족을 위해 애쓰셨다.

　부모님은 결혼 후 14년 만에 첫 출산을 하셨지만 불행하게도 여덟 달 키운 첫아들을 열병으로 잃었다고 한다. 다행히 연이어 지금 일흔아홉의 오빠와 일흔여섯의 언니와 일흔둘의 내가 태어나 그런대로 화목한 가정이 꾸려지고 우리 삼 남매는 조부모님의 극진한 사랑을 받으며 자랐다.

아버지는 특히 늦둥이인 막내딸을 많이 사랑하셨다. 평생 시장을 모르고 사셨던 엄마를 대신해서 바늘이나 실 같은 사소한 것까지 아버지가 다 해결해 주셨다. 그런 일로 시장 나들이를 하실 때마다 꼭 막내딸을 데리고 다니며 그 철에 나는 과일이며 옥수수 등을 사주셨다.

나는 유독 병약해서 열다섯 살부터 스물다섯 살까지 급성관절염과 폐결핵을 앓는 막내딸 때문에 밤이고 새벽이고 아버지는 약국과 병원을 뛰어다니셨고 간호로 밤을 지새우던 엄마의 눈물을 많이 보게 되었다. 너무 큰 불효였다.

내가 중학교 입학시험을 치던 날 몹시 추운 겨울이었는데(그때는 중학교 입시가 요즈음 대학 입시만큼 요란스러웠다.) 무명 두루마기를 입고 운동장을 가로질러 와 쉬는 시간이면 삶은 달걀을 보리차와 함께 먹게 해주셨다. 그때 그 삶은 달걀은 어쩌면 그렇게도 맛있던지.

딸의 먹는 모습을 흐뭇하게 바라보시던 아버지의 미소가 지금도 그립다.

어느 날 시장 좌판에서 소고기국밥을 먹을 때 밥알과 고기는 딸을 먹이고 우거지와 국물만 드시던 아버지. 국밥처럼 따뜻한 마음 잊을 수 없다. 그 사랑 갚을 기회도 없이 강원도에서 신혼 3년 차를 보내고 있을 때 오빠와 함께 사시던 아버지께서 오래 앓던 천식이 재발해 위독하시다는 전보를 받고 대구로 내려갈 준비를 하던 중 별세 전보를 다시 받고 통곡을 했던 기억이 난다. 마지막 모습을 못 뵈어서일까. 세월이 많이 흐른 뒤에도 아버지는 그냥 멀리 떨어져 있는 것만 같았다.

요즘 보훈가족으로 자주 병원을 드나들면서 주위에 오래 누워계시는 환자들을 보면 문득문득 아버지 생각이 난다. 머지않아 우리도 맞게 될 그날 아이들에게 좀 더 좋은 모습의 부모로 기억되고 싶은 욕심이 생긴다. 주위에 간혹 갈등을 겪으며 지내는 가족들을 보면 누구나 언제든 맞게 될 그 날 이후에 후회를 남기지 않도록 서로 많이 사랑하고 배려하며 따뜻하게 지내기를 바래본다.

아무리 자식이 잘해도 부모가 자식 사랑하는 만큼은 어렵다고 한다. 오래 잊지 않는 것도 사랑 때문이리라 스스로 위안을 해 본다.

아버지, 우리 아버지, 사랑했고 고맙습니다.

내 인생의
채색도

일흔 넘도록 살아오면서 '참 오래 살았다.'는 생각을
하게 된다. 요즘은 백세시대라 일흔은 어쩌면 청년기를
갓 지난 황금기라도 하지만, 우리 세대는 참 어렵게들
인생 고비들을 살아와서 그렇게 느끼는지도 모르겠다.

어린 시절은 조부모님과 부모님의 보호와 사랑을 많이
받았고, 막내다 보니 오빠 언니의 사랑도 남다르게 받
으며 자랐다. 그래서일까. 십 대 때는 자주 병치레한 것
말고는 고민도 걱정도 모르고 살았다. 이십 대에 들어
이성에 눈을 뜨기 시작하면서 그리움을 배웠다. 보고
싶은 사람 못 만나서 아쉽고 그 아쉬움은 목마름을 더해

주었다.

 이십 대 후반에 들면서 결혼을 하고 부모님 곁을 떠나 낯선 곳을 떠돌았다. 삼십 대에는 기다림을 배웠다. 하루해가 길다는 것을 그때 알게 되었고, 아침에 나간 한 사람을 종일 기다리며 목이 길어졌다. 기다림에 익숙해질 만도 한 삼십 대 후반, 비교적 일찍 건강 때문에 예편한 남편은 하는 일이 뜻대로 되지 않았고 아이들을 돌봐야 했기에 직업 일선에 뛰어들었다.

 살림도 서툴던 막내가 처음 접하는 사회생활은 만만하지 않았다. 그러나 주저할 겨를도 없었고 약속된 것도 없었다. 마흔은 벌판이었다. 그 와중에 욕심을 부려 첫 시조집 『말 없는 시인의 나라』를 묶었다. 스무 해 동안 써 모은 분신들이었다. 다행히 첫 작품집의 반응이 괜찮아서 보람과 기쁨을 느끼기도 했다.

 마흔 벌판을 지나 오십 계곡에 들어섰다. 힘겨운 오십 계곡에서 외손주를 만나는 행운은 싱그러운 위안이었다. 누군가 돈 걱정할 때가 가장 행복하다 했던가. 가난은 생활에 여유를 주지 않았지만, 긴장의 끈을 놓지 않게 했고 앞만 보고 가게 해주었다. 그때 두 번째 시조집

『산빛 물빛 다 흔들고』를 묶었다. 관심과 이목에는 욕심 없이 중간 정리라고 생각했다.

오십 계곡을 빠져나오니 예순 고개가 기다리고 있었다. 인생의 정점(?) 같아서 세 번째 시조집 『신의 섬으로 가서』를 엮으며 '세월이 아무렇게나 무작정 가지 않고 때맞춰 마련하는 기미를 느끼면서 한마음 보태야 할 것 같은 초조함이 들썩인다'는 '봄기운'에 이끌렸다.

그동안 아이들은 부모 욕심만큼은 아니어도 자기들의 그릇만큼은 커 주었다. 고마운 일이다.

예순 고개가 벅찼던가 건강에 무리가 오기 시작했다. 남편의 병원 출입이 잦아졌다. 돌이켜보니 내게서 종교는 울타리였고 문학은 텃밭이었다. 생활을 심고 가꾸며 이제 일흔 오솔길에 들어선 것 같다. 사는 게 바빠서 많이 못 보고 많이 못 듣고 많이 즐기지 못했지만 이제는 오솔길 쉬엄쉬엄 걷는 여유를 갖는다.

살아온 날에 감사하고 아름다운 마무리를 위해 노력하는 일이 남았다. 다시 돌이켜 보면, 무엇보다 자신에게 고맙고 주변에 감사하는 마음이 커지는 오늘이다.

영원한 스승
이영도 선생을 그리워하며

50일간의 동거

선생님을 알게 된 것은 여원과 여성동아 독자란에 시조를 투고하면서였다. 몇 번 선해 주시더니 따로 정식으로 시조 공부를 해보라고 친히 편지로 자상한 가르침을 주시다가 이호우 선생님도 소개해 주셨다. 가끔씩 이호우 선생님의 조언도 듣고 많은 도움을 받고 있던 중 1968년 여름 우연히 선생님 댁에서 50일간 함께 지내게 되었다.

오고 가던 편지 중에 선생님의 가사를 돌봐주던 소녀

가 직장 일로 독립하게 된 딸 진아 씨의 살림을 도우러 가고 혼자 계시게 됐다고 호젓하니 한번 다녀갈 수 있겠느냐고 하셔서 부모님의 허락을 얻어 가게 되었다.

한 열흘 가까이 선생님과 둘이 지내다가 시조 시인 박병순 선생님의 소개로 15~16세 되어 보이는 소녀가 올라왔다. 순이가 오기 전에 가사 일을 도우려 했지만 함께 있어 주는 것만으로 만족하시며 손님 대하듯 하셔서 처음은 매우 어색했었다. 그러다가 조금씩 걸레도 빨고 필자가 자는 방 마루 청소는 하락하셨다. 가끔 설거지를 도우면 유별스럽게 청결에 신경을 쓰시던 모습이 선하다.

순이가 오고부터 선생님의 도우미 교육이 시작되었다. 선생님의 입장에서는 매우 속 터지는 일이었고 순이의 입장에서는 견디기 어려우리만치 호된 훈련이 아니었나 싶었다.

몇 년 후 서교동 댁에서 본 순이는 어엿한 처녀가 되어 있었고 선생님과 딸네 부부랑 외손자 둘이랑 다섯 식구를 보살피는 제법 칭찬받는 살림꾼이 되어 있었다.

선생님의 일상들

선생님의 하루는 새벽 네 시에 시작되었다. 안방에 불이 켜지면 하루를 시작하는 기도를 열고 책 읽고 원고 쓰기를 두 시간쯤 하시고 여섯 시쯤 라디오 아침 뉴스를 들으면서 아침 준비를 하셨다.

식전에 사과 한 쪽을 꼭 드시고 점심밥까지 쌀과 눌린 보리쌀이나 검은 콩이나 좁쌀을 알맞게 섞어 석유곤로로 조그만 양은솥에 밥을 지으셨다. 국은 감자 넣은 미역국이나 된장찌개, 일주일에 한 번씩은 쇠고깃국이나 쇠고기 장조림을 하셨다. 그 특이한 맛을 배워서 가끔 장조림을 할 때면 선생님 생각을 떠올리곤 한다. 따로 식단을 짜 두신 것은 아닌데 선생님 머릿속에는 식단이 있는 것 같았다.

선생님의 외출복은 주로 한복이었다. 여름이어서 그런지 모시옷 두 벌이 가까이에 걸려 있었다. 치자로 물들인 노란 옷 한 벌과 흰 모시 적삼에 옥색 치마였다. 외출이 있는 날은 아침부터 바빴다. 머리 감고 그 특유의 긴 머리 땋으면서 돌려 올리는, 평생 미용실 안 가고 사셨던 당신만의 머리 모양이라고 자부심도 커 보였다. 저녁에 긴 머리 말리느라 풀어헤치면 뒤태를 다 덮고 남을 만치 길고 숱도 많았다. 보통 외출 머리 만질 때는 20~30분의 시간이 필요했다. 화장은 한 듯 아니 한 듯 그저 고울 정도로만 하셨다. 원래 피부도 곱고 깨끗하셨다.

살림 솜씨도 빈틈이 없으셨다. 집에서 쓰는 자잘한 소품들은 재봉틀로 직접 만들어 사용하셨다. 자투리 천 떠다가 냄비 받침이며 손잡이, 수저 보관 집, 컵 받침까지 어느 것 하나 버릴 것 없이 손으로 만지고 다듬어서 사용할 수 있게 변화를 주었다. 평상복도 손수 지어 입으셨다. 그 여름 필자에게도 남색 바탕의 흰 꽃무늬가 있는 면 원피스를 지어 주셔서 편하게 입었었다.

청마 선생님께서 "정운은 어떤 큰살림도 할 것이고 어떤 가난도 꾸려갈 것이다."라고 하셨다고 자랑도 하셨다. 외출에서 돌아와서 먼지 밴 옷을 털어 말리고 머리 감고 말릴 때 저녁노을을 즐겨 보시고 잠들기 전 별 무리를 한참씩 감상하시던 모습이 눈에 선하다.

그리고 느닷없이 "정양, 혹시 훗날 나에 관한 글을 쓸

기회가 있거든 내가 노을을 무척 좋아했다고 써 다오."

그러면서 쑥스럽게 웃으시던 기억도 난다.

선생님의 인간관계들

선생님을 엄마라고 부르던 여러 시조 시인들이 있었
다는데 언제 한 번 선생님 댁을 찾아온 적이 있었다. 잘
은 모르지만, 김제현, 이근배, 그리고 몇 분이 오셨는데
다 기억을 못 한다.

김제현 선생님은 키가 유독 크셔서 기억을 한다. 맥주
에 오징어 구워서 담소를 나누며 즐거운 시간을 보냈던
걸 기억한다. 서울의 시조 시인 모임에도 한 번 데리고
가셨지만 선생님 곁에 그림처럼 앉았다가 오기도 했다.

백수 선생님 한 번 오셔서 늦도록 시조를 주고받으시
면서 문단을 걱정하시던 모습도 기억한다. 손님방에서
쉬시고 이튿날 소박한 아침을 드시고 가셨다.

외출이 없는 날이나 비라도 오는 날이면 선생님은 문
단 선배 문인들이나 소원했던 분들께 안부 전화로 관계

를 다짐질하셨다. 어렵거나 병상에 계신 분께는 형편에 맞추어 방문하거나 필요한 것을 챙기시던 자상함도 보였다.

하수동의 선생님 댁은 언덕배기 일본식 남향 겹집이었다. 방이 3개, 마루, 주방, 작은 화장실이 좌변기는 아니었지만 실내에 있었다. 주방은 바닥을 낮춰서 부뚜막이 있는 형식이었다. 마루 앞은 처마를 조금 이어 달아서 비를 피하고 아침이면 30여 분 난 화분을 옮겨 물도 주고 햇볕도 쏘였다. 머무는 동안 좀 어려웠던 일 중의 하나가 난분과 받침 접시의 제 짝을 맞추는 일이었다. 선생님의 방식이 금방 익혀지지 않아서 헷갈렸던 기억이 난다. 모든 게 완벽해야 하는 성격이 그대로 드러나는 면이 있었다.

울타리에는 호박과 수세미가 기어오르고 담장 밑 화단에는 봉숭아, 채송화, 맨드라미에서 여름내 꽃이 피고 지고 했다. 집 옆 작은 공터에는 열무, 근대, 아욱 등이 시장을 자주 가지 않아도 되도록 자라고 있었다.

선생님의 제자들

　선생님을 추억하면서 현대율을 빠트릴 수 없을 것 같다. 현대 시학을 통해 등단시킨 시인들이 십여 명 되는 것으로 안다. 임종찬, 이우걸, 박시교, 김현, 권도중, 김영재, 우소현, 박영교 시인이 언제쯤 등단했는지 구체적으로는 모르지만 선생님의 영향을 받은 것으로 안다.

　필자는 1969년 여원 신인상으로 1회 추천으로 하고 1971년에 「춘부」로 1973년에 「설일」로 추천 완료를 해 주셨다. 이끌리듯 등단을 했지만 전방에서 군인 가족으로 사느라고 글쓰기도 부지런하지 못했고 적극적이지 못했다. 선생님은 안타까워하시면서 여기저기 원고를 싣게 해주겠다고 써지는 대로 시조랑 수필을 재촉하셨다. 그 원고료로 현대율 회비 충당을 해 주셨다.

　같은 무렵 월간문학을 통해 등단한 김남환 형님은 필자랑 형, 아우 하는 사이로 우리는 각별했다. 야무진 작품으로 시조단에 한몫을 크게 하셨다. 나중에 박옥금 여사도 일익을 했다고 본다. 제각기의 목소리로 시조단에서 한몫씩 하고 있는 현대율 동인은 자주 만나지 못했어도 만나면 반갑고 남다른 마음으로 손부터 잡게 된다.

　우리랑 그때는 함께하지 못했지만 선생님의 사랑을 듬뿍 받은 민병도 시인은 청도에 자리 잡으면서 이호우 이영도 남매의 문학 업적을 꽃피우는데 큰일을 해낸 일 등공신이라 선생님의 사랑을 받고도 숙제를 다 하지 못한 것처럼 마음이 늘 불편했던 필자는 민병도 시인께 늘 잊지 않고 감사한 마음이다.

　두서없이 선생님을 추억하면서 그리운 얼굴을 많이 떠올렸다. 탄신 100주년을 기해 훌륭한 시조 시인들이 많이 활동하는 지금의 시조단을 보셨으면 얼마나 기뻐하셨을까 하는 생각이 든다. 부디 우리 문학의 자존심인 시조가 세계 속에서 한국의 대표문학으로 자리하는 그날이 오기를 기대하며 글을 맺는다.